保坂祐希《ほさかゆうき》

死ねばいい！

呪った女と暮らします

中央公論新社

目次

装画　前田なんとか
装幀　坂野公一（welle design）

死ねばいい！

呪った女と暮らします

登場人物

佐伯真理子《さえきまりこ》（76歳）●三十年前に夫と離婚、頼れる親族もいない独居老人。

山崎加代《やまさきかよ》（73歳）●嵐の夜、真理子の家に迷い込んできた老女。

広川　保《ひろかわたもつ》（78歳）●真理子の兄

山崎　恵《めぐみ》（30歳）●加代の娘

平木佳津乃《ひらきかづの》（86歳）●真理子の家の近所に住む元芸者

聡一《そういち》（78歳）●真理子の元夫

第一章　あらしのよるに

1

ひた、ひた、と誰かが縁側《えんがわ》を歩いているような気配を感じた。

樋《とい》を流れ落ちる雨の音だろうか。

いや、雨は降っていない。東側のカーテンの隙間から、細く月の光が差し込んでいるのがその証拠だ。

ひた、ひた、ひた。

やはり、和室の右手にある縁側のあたりで人の足音がする。

誰なの？

恐ろしくなって、思わず、隣で寝ている夫の布団に『あなた』と、左手を伸ばす。

――あれ？

そこにあるはずの、筋肉質な体躯《たいく》の手応えがない。あったのは、ただ、ぬるい体温が残る薄い夏布団《なつぶとん》の抜《ぬ》け殻《がら》のような感触だけ。

――トイレに行ったのかしら。

半身を起こして縁側の方に目をやると、月明かりが照らす障子《しょうじ》に、ふたつの人影が映っている。

『聡一《そういち》さん？　誰かと一緒なの？』

目を凝《こ》らしながら声をかけると、人影は逃げるように縁側から離れて行く。

『誰なの？』

恐る恐る障子を開けると、髪の長い女が夫と手をつなぎ、庭を抜けようとしているところだった。

『待って！』

いつか、こんなことになるのではないか、という予感はあった。

四十歳で保育園の副園長になったころから、私は夫を顧《かえり》みる余裕がなくなっていた。

管理者の仕事は忙しく、夫婦関係は思い通りにいかず、家の中の空気はずっとギクシャクしている。

今、他の女に優しい声をかけられでもしたら……。

それはここ数年、漠然《ばくぜん》と憂慮《ゆうりょ》してきたことだ。が、一方で、生真面目《きまじめ》な夫が不倫《ふりん》などするわけがない、と高をくくっていた。

それなのに……。ついに……。

女と一緒にいる夫を目の当《ま》たりにした瞬間、体が指の先まで冷たくなった。そして、次第に、血が煮《に》え立《た》つような怒《いか》りが腹の底から湧《わ》いてくる。

不思議なことに、その怒りは不貞《ふてい》を働いた夫に対してではなく、夫の寂《さび》しさにつけこみ、私が長い時間をかけて培《つちか》った『家庭』を壊そうとしている女の方へと向かった。

パジャマ姿のまま、裸足《はだし》で、縁側から庭へ駆《か》け下《お》りた私は、地面に落ちていた茶色い物体を拾い上げた。

――この泥棒猫《どろぼうねこ》！

手にしている物が何かわからないまま、思い切り女の後頭部に打ち付けていた。

ゴツン。

鈍《にぶ》く、何かが凹《へこ》むような感触が手のひらにあった。

風になびいていた黒髪《くろかみ》の動きが止まる。

女の頭から飛び散った血が私の頬にかかり、その生温かさでハッと我に返る。

前につんのめり、膝《ひざ》から崩《くず》れ落《お》ちる女の姿を見て、体中の力が抜けた。

――私……、なんてことを……。

握《にぎ》りしめていた凶器《きょうき》が右手から滑《すべ》り落ちた。

目を開けたまま、横向きに倒れた女の顔の輪郭《りんかく》はシャープで、つい最近見た深夜ドラマの登場人物に似ている。主人公の女性から夫を略奪する役を演じた妖艶《ようえん》な女優の横顔に。

私はこんなに夫に執着《しゅうちゃく》してたんだ……。浮気相手を殴《なぐ》り殺してしまうぐらいに。

自分自身に愕然《がくぜん》としながら、自分の手から地面に落ちた物を見た。咄嗟《とっさ》に手にした凶器は、赤茶色の煉瓦《れんが》だった。先日、庭の隅《すみ》に花壇《かだん》を作った残りの煉瓦だ。

――いや、待って。

煉瓦で花壇を作ったのは、ほんの数年前のこと。夫とは離婚してずいぶん経《た》っている。

これって、それよりも前の話よね？

自問自答した瞬間、ハッと目が覚めた。

左手はまだ、畳《たたみ》の上を彷徨《さまよ》っていた。けれど、三十年も前に家を出た夫の布団が、隣に敷いてあるはずもない。

額《ひたい》に浮いた脂汗《あぶらあせ》を手の甲《こう》で拭《ぬぐ》いながら身を起こすと、しと、しと、と縁側の向こうで雨の音がしていた。

なんだ、やっぱり雨の音だったのか。

実際、私は夫が他の女と手をつないでいる場面なんて、見たことがない。女の影《かげ》など一度も感じさせたことがなかった彼は、別のことで私と口論した直後、家を出て行った。

それなのに、手をつないで逃げていくふたりの姿は恐ろしいほど鮮明《せんめい》だった。そして、夢の中で女を殴った時の感触が、目覚めた今も、生々しく手のひらに残っている。

――良かった夢で……。

この年になって殺人犯なんて冗談《じょうだん》じゃない。

ほっと、安堵《あんど》の息を吐《つ》きながら視線を和室の奥にやると、古い扇風機《せんぷうき》が首を振り、室内の生ぬるい空気をかき回していた。まだ六月半ばだというのに夕べは寝苦しく、微風のまま、つけっぱなしになっていた。なのに、寝汗でパジャマの背中が生温かく湿《しめ》っている。

――それにしても、なんで、今さらこんな夢を……。

別れて三十年も経つのに、と首をかしげる。

だが、心当たりはあった。

昨日、底意地の悪い実兄が来て、つまらない話をしていったせいだ。

離婚してから私は元夫の聡一には一度も会っていない。

だが、建材屋を営んでいる兄は、仕事の関係で年に数回、建築現場や建設会社の会合で私の元夫に会う機会があるという。

大工だった元夫が離婚後、小さな工務店の社長になったという情報も、この兄からもたらされた。

兄は元夫に会った数日後には必ず私の家に来て、

『お前のせいで気まずいが、仕事だからしょうがない』

と、前置きをしてから、聞きたくもない元夫の近況を報告するのがルーティーンになっている。

そういう名目でもない限り実の妹の家を訪ねてくることができない、不器用でひねくれた性格だ。

『聡一のヤツ、去年会った時より顔がふっくらして、やけに健康そうだったわ』

昨日も開口一番、元夫が幸せ太りしていた、と報告した。

彼は背が高く、筋肉質で、どちらかといえば痩《や》せ型《がた》だった。

あのほっそりした外見が好きだったのに今は別人のようになっているんだろうか、と少し残念に思った。

最後に見たのは四十代後半の姿。頭の中で七十八歳の彼を思い浮かべようとしたが、想像できなかった。

『ふうん。あの人も年取って、贅肉《ぜいにく》がついてきたんだ』

私は特に興味がない風を装《よそお》いながら返した。

短大卒業後、私は保育士になった。

女性ばかりの職場で、適齢期《てきれいき》の男性と知り合う機会はなかった。

二十四歳になった時、私が行き遅れることを心配した兄が、聡一を紹介した。

『コイツは不愛想《ぶあいそう》だが、真面目で根の優しい男だから』

その不愛想で真面目なはずの男は、その二十二年後、私と離婚したその年の内に再婚した。兄は元夫の地元、広島《ひろしま》での結婚式にも出席した。どうして妹の別れた夫の結婚式に行くのか、取引先として招待されたとしても、なぜ辞退しないのか、その話を聞いた時、兄の精神構造がよくわからなくなった。

『あの嫁《よめ》さんは、お前よりだいぶ年下だろうな。ほっそりした女優みたいに綺麗《きれい》な女だった。それでいて、愛嬌《あいきょう》もあって大らかそうな女だったぞ』

兄は新妻《にいづま》の外見と人となりを褒《ほ》めそやした。そして、私の表情をうかがうような顔をして、『そうそう。その嫁、もう腹が大きかった』

と、付け足した。

正直、その話には愕然とした。もしかしたら、私とギクシャクしていた頃にはもう、夫はその結婚相手といい仲だったのかも知れない、と想像して。いや、間違いない。既にお腹《なか》が目立っているということは、その女との交際期間と私との結婚期間が重複しているはずだ。

それでも、傷ついていないふりをした。

『そう。でも、いくら若いと言っても、せいぜい三十代でしょ？　妊娠中の年増が、そんな盛大な結婚式するなんて恥《は》ずかしくないのかしら』

そんな嫌味《いやみ》を言った日のことを今も覚えている。


そして、昨日は『そうそう。再婚した嫁の腹にいた娘が結婚して、もう孫が生まれるらしいぞ。ついに聡一も祖父《じい》さんだ』という話を聞かされた。

『真理子《まりこ》。お前も多少のことには目をつぶって聡一と仲良くやってれば、今ごろは孫に囲まれて楽しく暮らせてただろうに』

そんな心無い言葉に胸を抉《えぐ》られても、今や眉《まゆ》ひとつ動かさないで聞いていられる。

だが、それが気に入らないのだろう。お前に可愛《かわ》いげがないから離婚されたんだ、と未だに兄は言う。

『短大なんか行くから、無駄にプライドが高くなるんだよ』

兄は私が短大に行きたいと言い出したばっかりに自分は大学へ行けなかった、という。けれど、勉強嫌《ぎら》いだった兄が進学を希望していたなんて話は聞いたことがない。それに、家の経済事情が許したとしても、当時の兄の成績で入れるような大学があったかどうか。

『真理子。こんな風に老後を寂しく過ごすことになったのは、こらえ性のないお前の性格が招いたことだ。自業自得だ』

兄の自尊心《じそんしん》を傷つけないために、じっとこらえて黙《だま》ってやっているのに、こっちが反撃《はんげき》しないのをいいことに、兄は言いたい放題だ。

『寂しくなんかないわ』

私の強がりを、ふうん、と兄は冷ややかに笑う。

だが、プライドが高いというのは当たっているかも知れない。昔から、兄妹揃《きょうだいそろ》って無駄に負けず嫌いだ。

『お前ももう七十六なんだから、終活《しゅうかつ》を考えろ。言っとくが、出戻りのお前をうちの墓《はか》に入れる気はないからな』

最近はその言葉を必ず言い残してから帰って行く。

昔から私と折り合いの悪い兄嫁が、私と同じ墓に入りたくない、とか言っているのだろう。

こっちだって、嫌味な兄夫婦と同じ墓に入るなんてお断りだ。

かと言って、高いお金を払って、誰も拝《おが》みにも掃除《そうじ》にも来ないであろう自分だけの墓を建てる気にもなれない。

散骨でいい、と最近は考えている。

しかし、誰に、どこに、撒《ま》いてもらえばいいのだろう、という漠然とした不安はあった。

よほど親しい人間でない限り、火葬場《かそうば》で他人の骨を拾い、それをどこかに撒くなんてことはハードルが高いはずだ。

布団の上で兄とのやりとりを思い出し、げんなりした。

——夫の夢を見たのは、兄貴《あにき》のせいだ。

だが、深層心理が見せた夢だったとしたら、自分の執念深さにゾッとする。私は離婚から三十年が経った今でも、心のどこかで自分から夫を奪った女を憎んでいるのだろうか、と。

2

私に嫌な夢を見させた兄の来訪から二か月が過ぎた。

季節は梅雨《つゆ》を抜け、夏も盛りとなっている。その間、うちを訪れた者はいない。

この二か月は私にとって、代わり映えのしない日々の積み重ねでしかなかった。

毎朝、六時には目が覚める。

洗濯《せんたく》は二日に一度。深夜電力を利用し、洗濯機のタイマーで午前五時までに脱水《だっすい》が終わるようにしている。

軒下《のきした》に洗濯物を干したら、朝食にトーストをかじり、インスタントコーヒーに牛乳を入れて飲む。家の中を掃除してから身支度《みじたく》を整え、自転車で十分ほどの所にある四ツ池《よついけ》スーパーへ行くのが日課だ。

四ツ池スーパーはチェーン店ではないが、この辺りでは大きい方で、二階には衣類や日用品も置いている。たいていのものは、ここで揃う。

スーパーの開店時間は午前八時半。

夏場はオープンと同時に入店し、九時過ぎには自宅に帰って来られるよう計算している。今日の最高気温は三十五度を超える真夏日になる、と朝のニュースで言っていた。この暑さの中、年寄りが十時以降に出歩くのは自殺行為だ。

今朝も開店時に自動ドアが開くと、店長らしき男性を先頭に、数名の女性スタッフが客を出迎え、買い物カゴを手渡してくれる。

「おはようございます！」

「ご来店、ありがとうございます！」

マニュアル通りなのだとわかっているが、低姿勢で声をかけられるのは気分がいいものだ。

まずは惣菜《そうざい》コーナーで、一パック二百九十八円の真《ま》アジの南蛮漬《なんばんづ》けを手に取った。

昨日は蓮根《れんこん》の間にひき肉を挟《はさ》んだ揚《あ》げ物《もの》とかぼちゃの煮物、一昨日《おととい》は鯖《さば》の煮つけと酢豚《すぶた》、その前は鮭《さけ》の塩焼きと揚《あ》げ出《だ》し豆腐《どうふ》。こんな風に、同じコーナーの惣菜を日替わりでふたつずつ買い、昼食と夕食に分けて食べる。

自分で作るのは味噌汁《みそしる》とぬか漬けぐらいだ。

味噌汁に入れる豆腐が一丁九十五円、ネギと乾燥《かんそう》ワカメはまだ家にあった。

そうそう、今日は卵を買わないといけない。毎晩、卵を一個、茹《ゆ》でて食べるのを習慣にしている。タンパク質を補《おぎな》うために。十日前に買った卵が、昨日なくなったところだ。

――わ。美味《おい》しそう。

レジ直前の和菓子《わがし》コーナーの棚にある栗饅頭《くりまんじゅう》に、思わず手を伸ばしかけたが、昨日、米を買って予算オーバーだったので、今日はやめておく。

年金生活が始まった十六年ほど前から、食費は押しなべて一日千円、と決めていた。

二十歳の時から保育園で定年まで働いた私の年金額は、月額にして十四万円足らず。

一か月の食費が約三万、光熱費や水道代等が約二万、保険や税金関係、携帯《けいたい》電話代、洗剤やトイレットペーパーなどの生活用品を入れると月平均十三万円余りがかかる。

離婚した時、夫が慰謝料《いしゃりょう》代わりに残した埼玉《さいたま》県の一軒家《いっけんや》に住み続けているため、家賃《やちん》がかからないのはありがたかった。

その家の最寄《もよ》り駅から池袋まで三十分。ただ、その駅は家から遠く、交通手段はバスしかない。

家を購入した当時、路線の延伸により、家の近くに駅ができるらしい、という噂《うわさ》もあった。

だが、今ではそんな気配すらない。

つまり、この築五十年以上の一戸建てには大した資産価値がない。

狭《せま》くて古くて使い勝手の悪い家。猫の額ほどの庭なのに、雑草は狙ったかのように、はびこる。

そういえば、先日、ポストに入っていたチラシを見たら、近所の似たような古い家が七百万で売りに出ていた。

そんな家でも、まだ住むことができ、固定資産税《こていしさんぜい》が安く、家賃は要《い》らない。

独居老人は孤独死の可能性が高いからアパートを借りにくいと聞くし、ここを手放すことはできない。

つまり、贅沢《ぜいたく》さえしなければ、生きてはいける。働いていた頃の貯《たくわ》えも多少はある。入院費や治療費を満額は賄《まかな》えないにしても、いざという時のために終身保険にも入っている。

それでも、貯えに手をつけたことはない。

大病をしたり、家の修繕《しゅうぜん》が必要になったりして、この先、貯えが減る可能性はあっても、増える可能性はゼロだから。

唯一の身内である兄夫婦とは心が通わず、何かあった時に頼れる者はいない。

――頼れるのはお金だけ。

だから、旅行にも行かず、観劇《かんげき》もせず、美味しいものを食べに行くことも、テレビショッピングの誘惑《ゆうわく》に負けて何かを買うこともしない。

一回でも贅沢をしてしまったら、ペースが狂《くる》い、なし崩し的に貯蓄がなくなるような気がして、怖かった。


午前中の同じ時間帯に買い物に来るせいか、レジ係の顔ぶれも毎日ほぼ同じだ。その中で、私は必ず『南出《みなみで》』という名札をつけた女の子のレジに並ぶ。

「お会計は九百七十八円になります。お支払いは現金ですか？」

「はい。現金で」

今日、初めて交わした会話だ。

「レジ袋はご入り用ですか？」

レジ袋が必要かどうか、最近は聞かない店員も多い。だが、南出は必ず聞いてくる。

「いいえ」

私がエコバッグを見せると、彼女はニコ、と人懐《ひとなつ》っこい笑顔を見せる。一瞬、心が通ったような気持ちになる。

だが、私は一度もレジ袋を買ったことがなく、現金以外で支払ったこともない。それでも毎回尋ねるということは、私のことを認識していないのかも知れない。だとしたら、致《ち》命的《めいてき》な記憶力《きおくりょく》だ。

いや、単に、私に興味がないだけだろう。

それでも私が南出のレジに並ぶ理由は、他の店員のつくりものみたいな微笑《びしょう》と違い、

「ありがとうございます」

と言った時の南出の笑顔が、本当に純真そうに見えるからだ。

「五番の機械でお支払いをお願いします」

「ありがとう」

これで、今日の買い物もスーパーでの会話も終了だ。所要時間は三十分程度。これ以上、店内に居ると、効きすぎている空調のせいで体の芯《しん》が冷えてしまう。

冷気が染み込んだ二の腕をさすりながら四ツ池スーパーを出ると、今度は、むわん、と夏の熱気に包まれる。

急いで駐輪場に置いた自転車にまたがる。既にサドルが熱くなっていた。

「あら、真理子さん。お買い物？」

買い物帰り、必ず、上品な笑みを浮かべた高齢女性が、家を囲《かこ》う塀《へい》ごしに声をかけてく

る。

　彼女は毎朝、私が自転車の前カゴに載《の》せているエコバッグを一瞥《いちべつ》し、そう尋ねる。喋る機能がある玩具《おもちゃ》みたいに同じトーンで。

「ああ。佳津乃《かづの》さん。こんにちは」

　停《と》めた自転車にまたがったまま、笑顔を返す。

　彼女はうちの三軒隣に住む平木《ひらき》佳津乃。

　彼女は私より十歳年上の八十六歳で、この時間はいつも家の前の掃除をしている。買い物帰りの私を待ち構えるかのように。

「玄関は家の顔だから。玄関を見れば家の中の様子もわかるのよ」

「だから、佳津乃さんのおうちの玄関はいつも綺麗なのね」

　そうやって話を合わせるが、彼女の家の中に入れてもらったことはない。だから、彼女の仮説が正しいのかどうか、検証したことはないのだが。

「置屋《おきや》の女将《おかみ》さんが厳しかったからね」

　と苦笑する佳津乃は昔、新橋《しんばし》で芸者をやっていたという。

「自分で言うのもアレだけど、当時の私は売れっ妓《こ》でねえ。ご贔屓《ひいき》さんの中には真理子さんでも知ってるような大物政治家もいたのよ。そうそう。今はその息子さんがよくテレビに出てるわ」

とか、

「刑事役で有名な俳優さんに口説《くど》かれたこともあったっけ。その人も今や大御所《おおごしょ》なんだけど、今でも時々、連絡くれるのよ」

などと、芸者時代の武勇伝《ぶゆうでん》を語るのが日課だ。

けれど、「もしかして、そのよくテレビに出てる人って、元総理の息子さんの……」と、前のめりになったところで、彼女はすっと身を引くようにして居ずまいをただす。

「ああ、いけない、いけない。お客さんのことは些細《ささい》なことも明かさないのが芸者の流儀なのよ」

こうやっていつも、きわどいところまで言うくせに、最後は守秘義務を盾《たて》に、決して核心《かくしん》を衝《つ》かせない。

「じゃあね、真理子さん。また、明日」

こうして、着火しかけた好奇心は不完全燃焼《ねんしょう》のまま、会話を打ち切られる。

諦めた私がペダルに足を乗せ、自転車を漕《こ》ぎ出そうとしたところで、今日に限って佳津乃が「あ。そうだ」と、不意に大事なことを思い出したような声を出した。

私は思い切り首を捩《ねじ》って振り返る。彼女が実のある話をするはずがないとわかっているのに。

「台風がきているそうよ。真理子さんのおうちの庭も、片付けておいた方がいいんじゃない？」

そう言われて、何年も前に花壇を作った余りの煉瓦や、何十年も前に出た廃材を庭の隅に放置していたのを思い出した。きっと道路から覗《のぞ》き見たのだろう。厳しい置屋でしつけられたという佳津乃に、だらしないところを見られてしまったようだ。

私は照れ隠しに大仰に驚いた風を装った。

「台風？　そうなの？　大変だわ。いつ関東に上陸するの？　今、どこまできてるの？」

すると、佳津乃は記憶を辿《たど》るように黒目を動かして、右斜め上の辺りを見る。

「確か今、南《みなみ》……鳥島《とりしま》……だったかしら？」

南鳥島の具体的な位置は知らないが、たぶん、その台風はまだ生まれたてで、どこへ向かうかわからないレベルだろう。

――心配して損した。

台風の話はもうどうでもよくなった。それでも大げさに驚いて見せてやった。一刻も早く、この思わせぶりな元芸者を視界から消すために。

「南鳥島！　それは心配だわ！　わかった。お互い気を付けましょうね。じゃあね！」

あとは振り返らずに、強くペダルを踏《ふ》んだ。自宅まで数メートルの距離を。

佳津乃の話は深そうで薄っぺらく、聞いているだけでストレスが溜まる。けれど、今の私には、彼女と、四ツ池スーパーのレジ係南出以外に言葉を交わす相手もいない。

こんな風に、誰とも喋らない生活を続けていると、いつか頭がおかしくなるのではないかという危惧がある。かと言って、自分はバスや電車でたまたま隣に座った人に、物おじせずに話しかけられる性格でもない。

嫌味な兄の来訪に居留守を使わないのも、同じセリフしか喋らない南出のレジに並ぶのも、佳津乃に呼び止められれば実がない話だとわかっていても返事をしてしまうのも、もしかしたら自分を保つための生存本能かも知れない、と最近は思う。

わずか数メートルの全速力に、はあはあ、と息をきらしながら自転車を車庫に入れた。夫の乗用車を置くために作った車庫の奥に、ぽつんと停めた自転車が寂しそうに見える。

この家を購入した当時、周辺にはうちと同じような小さな建売《たてうり》住宅が並んでいたが、新興住宅地の一角にあるせいか、もともと人づきあいは希薄な町だった。その上、うちは共働きで忙しく、昼間は家にいなかった。夫が『負担になるから町内会には入らなくていい』という人だったから、余計にご近所さんとは疎遠《そえん》になった。

定年後、急に時間を持て余すようになり、散歩しながら改めて周辺を見回すと、老朽《ろうきゅう》化《か》のせいで建て替えが進んでいた。

リモートワークの普及とやらで、郊外の物件が人気だと聞く。この辺りはまだ自然が多いせいか、建物の上の方しか見えない塀の高いモダンな邸宅が増えた。その塀は他人の干《かん》渉《しょう》を拒絶《きょぜつ》する壁《かべ》のように聳《そび》え立《た》つ。

今や、新築当時から変わらないのは、うちと佳津乃の家ぐらいだ。

未だに通りから丸見えの小さな庭を横切って玄関の鍵《かぎ》を開け、家の中に入った。

——こんなに無防備なのに、押し売りすら来やしない。

台所で手を洗い、レジ袋から出した惣菜や豆腐を冷蔵庫に入れる。

ふと、桃《もも》の缶詰《かんづめ》が目に入った。兄が手土産《てみやげ》に持ってきた、銀座《ぎんざ》の名店の缶詰だ。十個ほど入ったセットの最後の一缶だった。

そういえば、数日前、食後に食べようと冷やしたままだった。

昼食後のデザートにしようかしら、と手を伸ばした途端《とたん》、過去に投げつけられた兄の声が蘇《よみがえ》った。

『暇《ひま》なら、習いごとでもしたらどうだ。友だちもできるかも知れんぞ』

私は一言も、『暇だ』とも『友だちが欲しい』とも言っていないのに。

兄に言われるまでもなく、フラワーアレンジメントの教室に通ったことがある。だが、手ごろで、始めるのにハードルが低そうな習い事はベテランの域に達している生徒ばかりで、既に仲良しグループが出来上がっていた。そんな教室の中で、講師は初心者である私のために時間を割《さ》くことになり、被害妄想《もうそう》かも知れないが、他の生徒たちが不満に思っているのではないか、と思い始めた。

罪悪感や疎外感を味わうために月謝《げっしゃ》を払うのが馬鹿馬鹿《ばかばか》しくなって、半年ほどで辞めてしまった記憶が蘇る。

缶詰を食べる気力を失って、冷蔵庫の棚にもどした。

――買い物してきただけなのに、なんだか疲れちゃった……。

買い物の後はリビングのソファに横になるのが日課だ。

一年前、後期高齢者になった途端、リウマチを発症した。

これまでも、何の前触れもなく足首や手指の関節が腫《は》れることはあった。当時、特に生活に支障はなかったが、ずっと気になっていたので、ワクチン接種のために近所のクリニックへ行ったついでに調べてもらった。

そこで精密な血液検査をした結果、リウマチであることが判明したのだ。

原因は不明で、完治させるための特効薬もない。炎症《えんしょう》を止めるための薬、免疫抑制剤《めんえきよくせいざい》が効けば腫れや痛みはなくなる、と年配の医師が言った。

『根気よく付き合っていくしかない病気です。痛みや疲労が出たら、体を休めることです』

その診断通り、体を休め、処方されたステロイドを飲むと、翌日には関節痛が消えた。

そこから定期的に通院して、徐々に薬の量を減らし、今では自分の副腎《ふくじん》が分泌《ぶんぴつ》する程度の皮質《ひしつ》ホルモンの量、ステロイド五ミリ錠《じょう》を毎朝、一粒飲む。

それでも、何かの拍子《ひょうし》に炎症値が上昇し、どこかの関節が痛み出したり、体がだるく感じたりする。これまでもこの因子は持っていた可能性が高い、と医師は言っていたが、病名がついた途端に、これまでより疲労感を覚えるようになるから不思議だ。

こうしてだらだらしてしまうのは『病気のせい』にして、ソファに横になったまま、テーブルの上のリモコンに手を伸ばし、テレビのスイッチを入れる。

昼のニュースをやっている時間だ。

『南鳥島近海で発生した台風十五号は、明日には非常に強い勢力となり、小笠原諸島《おがさわらしょとう》付近を北西に進むと予想されます』

画面いっぱいに映し出されている地図で見る限り、南の海上にある小さな点から日本列島までの距離はまだ遠いように見える。けれど、その点はだんだん大きな円となり、確実に鹿児島《かごしま》辺りへと迫りくる進路予想図となっていた。

本当にこの通り来るのかしら。大陸の方に逸《そ》れたり、熱帯低気圧に変わったりということも往々にしてあるし。

でも、念のため、強風で飛ばされそうな物だけ片付けとこうかしら。そう言えば、庭に気になるものがいくつかある。使っていない植木鉢やバケツ、出て行った元夫が置き去りにしたまま、朽《く》ちかけている材木。

ソファの上に起き上がったものの、片付ける段取りを想像しただけで億劫《おっくう》になり、三秒でやる気が萎《な》えた。

ま、明日でもいいか。

明日が小笠原諸島付近なら、関東に影響が出始めるのは明後日以降に違いない。

まだ、こっちに来るとは限らないし、まずはお昼ご飯を食べるとしよう。

ひょい、と立ち上がり、流しの前に立つ。食べることとなると、なぜか急に腰が軽くなるから不思議だ。

水道水を小鍋《こなべ》に注ぎ、ガスコンロの火にかけた。水が沸騰《ふっとう》したところに、賽《さい》の目《め》に切った豆腐を入れる。次に鍋の縁に掛けられるタイプの味噌こしに、業務スーパーで買った鰹節《かつおぶし》を投入し、煮立ったら鰹節が入ったままの味噌こしに麦味噌を入れて火を止める。いちいち別の鍋で出汁をとったり、布巾《ふきん》でこしたりするのは面倒だし、洗い物も増える。

次に乾燥ワカメを鍋に入れると同時に、カットネギを少量、お椀《わん》に入れておく。できての味噌汁をお椀に注ぐと、ネギのいい香《かお》りがする。

炊《た》き立《た》てのご飯を茶碗によそい、キュウリの漬物を切って小皿に載せた。アジの南蛮漬けはパックのまま。これで昼食は完成だ。

流しのある台所に四人掛けのダイニングテーブルを置いているが、ここでひとり食べるのは味気ない。全ての御飯をお盆に載せ、リビングに運んだ。

テレビの前のセンターテーブルはソファと同じ高さで、少し食べにくい。だからいつも、ソファとテーブルの間の床にクッションを敷いて、そこに座って食べる。

まだ台風のニュースが続いていた。

チャンネルを変え、何も考えずに見ることができるバラエティ番組を見ながら、味噌汁をすすり、アジの南蛮漬けをつつく。

スーパーやコンビニのおかずは総じて味が濃い。塩分を控《ひか》えるためにも、食材を買い、一から手作りしたい気持ちはある。

だが、独り暮らしだと、材料を使い切るのが難しい。鍋一杯に作って数日間、同じ料理を食べる羽目になる。もしくは、適量を作った残りの材料を使い切るために次のメニューを考えてその料理に足りない食材を買い、そこでまた余った食材を使うための次のメニューを考える、という無間地獄《むげんじごく》に陥《おちい》るか。

それなら、少しぐらい味が好みではなくても、出来合いの惣菜でいいか、と思う。

最近は、惣菜トレーに陶器《とうき》の皿のような模様《もよう》が入っているものも多い。そのせいか、昔のように発泡《はっぽう》スチロールの上で食べているような味気無さはない。しかも、軽く洗っておいて、次にスーパーへ行った時、トレー専用のコンテナに捨てることができる。

やっぱり、おかずはスーパーの惣菜に限る。

そんなことを考えながらテレビをつけたままウトウトし、陽《ひ》が翳《かげ》る前に起きて、洗濯物をとりこむ。

夕食はアジの南蛮漬けと一緒に買った焼き鳥と味噌汁と漬物。そして、時間を置いて、卵を一個茹でて食べる。食べたら、洗い物をして風呂《ふろ》に入り、あとは寝るだけ。

まだ現役で働く兄はこの生活を『悠々自適《ゆうゆうじてき》』と呼ぶ。

確かに、いろいろな不安はあるものの、住む所があり、贅沢さえしなければ食べることに困らず、テレビを見て笑うこともある。この生活に不満があると言っては罰《ばち》が当たる。それはわかっている。わかっているのに、毎晩一個のゆで卵を食べながら、わけもなく溜め息をついていた。

3

翌朝、テレビをつけると、台風十五号は非常に強い勢力に発達していた。そして、速度を増し、進路を北北東に変え、完全に本州上陸の予想図になっている。

——なに？　急に台風が本気出した？

これは来るかも……。

不安になったが、庭を片付けることよりも食糧《しょくりょう》や生活必需品《ひつじゅひん》などの備蓄品《びちくひん》の方が気になった。台風の影響で、停電や断水が発生する可能性がある。

まずは、賞味期限が長くて、かつ、常温で保存できる食糧とミネラルウォーターを買いに行かなくちゃ。

二リットルのミネラルウォーターを背負うため、いつものエコバッグだけでなく、リュックも手に取る。

一歩、外へ出ると、生温かい風が吹いていた。まだ強風というほどではないが、街路樹《がいろじゅ》の葉が揺れている。

本当に台風が上陸したら、この古い家が吹き飛ばされてしまうのではないか、という怖さがある。反面、この何の変化も起こらない、つまらない日常がぶち壊されるかも知れないという自暴自棄《じぼうじき》に近い爽快感《そうかいかん》もあった。

いやいや、家が吹き飛ばされたら住む所もなく、路頭に迷ってしまう。避難所や仮設住宅での生活は大変そうだ。

いや、それどころか、死んでしまうかも知れないじゃないの。私ったら、何バカなことを妄想してるのかしら。

結局、このつまらない日常を維持するために、私は自転車を漕いで、いつものスーパーへ行き、買い出しをした。

不思議なことに普段と状況や時間帯が違うというだけで、少しだけ気持ちが浮上している。そういえば、何かのテレビ番組で脳学者が『脳の栄養は変化だ』と言っていたっけ。

いつもと違う道を通り、見たことのない景色が目から入ってくるだけでも刺激になるのだ、と。

――些細な変化でも大切なのね。

今さらながら、代わり映えのしない毎日に飽き飽きしている自分に気づかされた。

いつもより購入金額が多かったせいか、レジの南出が支払いの時、ちら、とこちらを見た。こんなに使って大丈夫なの？　という目だ。

やはり、私について『いつも千円程度の買い物をする客』という認識はあるようだ。毎日、南出のレジに並んでいるのだから、当たり前といえば当たり前のことなのに、少し嬉《うれ》しい。

帰り道、横目で見た三軒隣の家は、既に雨戸《あまど》がしっかりと閉められている。通りかかった時間帯が違うからか、いつも庭掃除をしている佳津乃の姿はない。会話をした後はストレスが残ることが多い佳津乃だが、それでも、いつもそこにある姿が見えないと寂しいものだ。

夕方には更に風が強くなった。

テレビをつけると、関東全域の高齢者に早めの避難を呼びかけている。

――いよいよ、廃材を片付けなきゃ。

仕方なく重い腰を上げ、庭に出た。

三十年前にここを出て行った夫の聡一は、日曜大工が趣味《しゅみ》だった。仕事も大工、趣味も自宅の家具作りやリフォーム。とにかく物をつくることが好きな男だった。

今でも真剣な表情で工具を使っている横顔が髣髴《ほうふつ》とする。

その彼が出て行ってすぐ、軒下を片付けた。

残して行った工具箱や角材を見るのも嫌で、庭の隅にまとめた。そして、物がなくなり、すっきりした軒下は洗濯物を干す場所にした。

あの頃はその作業を半日でやる体力があった。なのに、庭の隅に追いやった遺物《いぶつ》を捨てる機会を逸《いっ》したまま三十年が経つ。

――三十年なんて、ほんとにあっという間ね。

夫の物を片付けた時に、業者を呼んで引き取ってもらえばよかった。どうして放置してしまったのか……。思いたくはないが、未練というヤツがあったのかも知れない。

いまや廃材と化した木材や、すっかり枯《か》れて何の植物だったかさえわからない鉢植え。何となく捨てられなかった壊れたバケツなど、ガラクタが狭い庭のあちこちにある。

――せめて軒下まで移動させないと、風に飛ばされるかも。

まずは、飛んだら危険そうな板や角材を移動させせようと試みた。

しかし、想像以上に重い。

更に気圧《きあつ》のせいか体がだるく、何としても動かさなくては、という気力がわかない。

――まぁ、いっか。

重いものは飛ばないだろう、と判断し、移動させるのを諦めた。

バケツや小さな鉢植えなど、軽めのものを廃材の周囲に集め、それらを大きなブルーシートで覆《おお》った。そして、シートの端に土の詰まった重いプランターとコンクリートのブロック、あとは花壇づくりに使った残りの煉瓦を置いて『重し』にした。


一通りの作業が終わった頃にはもう、どのチャンネルをつけても、台風のニュース一色になっていた。

今夜、台風十五号は、最大風速40ｍ／ｓの強い勢力で暴風域を伴ったまま千葉県《ちばけん》付近に上陸するという予報だ。夜半には関東全域に大雨洪水警報《けいほう》、暴風警報が出るような大荒《おおあ》れの天候《てんこう》になるだろう、という。

最近の天気予報は外れない。ここまで来たら、きっと上陸するに違いない。しかも、直撃だ。

ずっと使っていなかったラジオの電池を入れ替え、押し入れから懐中《かいちゅう》電灯を出した。

夕食も早めに済ませ、巣《す》ごもりの準備は万端だ。

夜が更けると風が強まってきた。雨音はまださほど強くない。

が、外では消防だか警察だかの車両が、注意を呼び掛けて回っている。いざという時は、垂直《すいちょく》避難せよ、と。

何かあったら、ふだん使っていない二階に上がらなければならないようだ。

けれど、今や物置と化している二階を片付ける気力も体力もない。

台風が去ったら、心を入れ替えて二階の物の断捨離《だんしゃり》を始めよう。

とは思うものの、ここは海や川から遠く、周囲に崩れそうな山もない。床上浸水の怖れはないと確信しているのだが、いつもと違う緊張感《きんちょうかん》に、わけもなく興奮《こうふん》して眠れない。

急に空腹を感じた。

今日は精力的に動いたせいだろう。そういえば、今夜はゆで卵を食べていない。

台所に立って片手鍋に水を入れ、卵を二個、投入した。この年で二個は食べすぎかも知れない。

けれど、家が崩れたら、明日は食べられない状況になるかも。それなら、今夜、食べたいだけ食べておいた方が諦めもつく。

鍋の中、沸騰する湯に揺らされ、翻弄《ほんろう》される白い卵を見ていた。そして、ふと思う。

——いつも健康のためにと高タンパク低脂肪《ていしぼう》の卵を食べるようにしてきたけど、そもそも健康のため、って何？　もう七十六歳なのに、まだ体に気をつけて長生きしたいの？　一日一個のゆで卵を、あと何百個、食べるつもりなの？　最近、テレビでよく聞くようになった、人生百年時代、という言葉にゾッとしているくせに。

自問しながら見下ろしていた卵が茹であがった頃には、なぜか食欲がなくなった。

コンロの火をとめたところで、ぱちん、と音がして家の中が真っ暗になった。

「え？　停電？」

思わず、声が出た。

流し台に手をつき、次に冷蔵庫、台所の壁、廊下の壁、というふうに伝い歩きで和室に行って、枕元のスマホを探り当てた。

手が触れただけで真っ暗な部屋がふんわりと明るくなる。

ライト機能で辺りを照らしてみると、周囲の物が鮮明に見える。だが、このままではすぐにバッテリーが切れてしまいそうだ。

ライトを消し、布団の枕元に置いた懐中電灯を手に取った。しかし、いざ点《つ》けてみると、思ったよりも照度は弱く、試《ため》しに向けてみた先の障子がふんわりと丸く見えるだけ。

その時、外で何かが、バサッバサッ、と大きな音をたてていることに気づいた。

うちの庭でこんな音をたてるものがあるとしたら、昼間、廃材にかぶせたブルーシートだ。

――まずい。

あのブルーシートが道路に飛んでいって、車のフロントガラスを覆いでもしたら、大変な事故になるかも知れない。住宅地の狭い道路なので、交通量は少ないが、可能性はゼロではない。

不安になり、懐中電灯で足許を照らしながら玄関へ向かった。

玄関の上《あ》がり框《がまち》に立ち、外へ出てシートを確認しようかどうしようか迷っていた時、

「ぎゃうっ！」

外から悲鳴らしき声が聞こえた。巨大なウシガエルが踏《ふ》みつぶされたら、あんな声を出すのではないか、というような声だ。

――誰？　何が起きたの？

もしかしたら、プランターが狭い庭の向こうまで飛んで、歩行者を直撃したのかも知れない。

いや、悲鳴はもっと近い所から聞こえたような気がする。

どこで誰がどんな目にあって、尋常《じんじょう》とは思えない声を上げたのか、想像もつかない。

とにかく状況を把握しなければ。

あわただしくサンダルに爪先《つまさき》を突っ込み、ドアノブに手をかけてから躊躇《ためら》った。

もし、本当にプランターが飛んで誰かにぶつかっていたら、それってどういう罪になるの？

この年で犯罪者になってしまったらどうしよう……。

敷地外の出来事だったら、無視した方がいい状況？

いや、ひき逃げと同じで、自分のせいで誰かが怪我《けが》をしたのがわかっていながら放置した方が、圧倒的に罪が重いに違いない。

恐る恐る玄関のドアを開けると、外は真っ暗だった。

停電の影響だろう。道路の外灯も消え、周辺の家の窓にも電気が灯《とも》っていない。

玄関を出たところで、暴風に煽《あお》られたビニール傘《がさ》は翻《ひるがえ》り、壊れて用をなさなくなった。

傘を置き、震《ふる》える手に持っている懐中電灯で、ばさばさと音を立てているブルーシートの辺りを照らした。

ぼんやりした光の輪の中に、地面にうずくまっている大きな物体が見える。

岩？　いや、牛？

目を凝らして見ると、それは岩や牛ではなく、太った老婆《ろうば》の臀部《でんぶ》だった。

「うわ……」

想定外の光景に、思わず口から声が漏《も》れた。

顔は見えなかったが、自分より十歳ぐらい年上の女性だと直感した。暴風に乱されているチリチリの白髪頭《しらがあたま》と、地面に投げ出された血管の浮いた手、濡れた半そでワンピースがまとわりついている腰まわりの贅肉のつき方で。

以前、夢の中で殴り殺したスレンダー美女が倒れていた辺りに、太ったお婆《ばあ》さんが倒れている。シュールな図だった。

まさか、あの重いプランターがこの老婆を直撃したのだろうか。想像してゾッとした。

しかし、プランターは昼間見た時と同じように、ブルーシートの端に載っている。

違った……。

ホッと胸を撫《な》で下ろしつつ、老婆の横にしゃがんで、声をかけてみた。

「ど、どうしたんですか？　何かにつまずきましたか？」

もし、そうだとしたら、いい加減な片付けをした私のせいだろう。

「お、お婆さん？」

プランターが正位置にあったことに安堵したのも束の間、呼びかけに反応して、ゆっくりこちらを向いた老婆の額から鮮血《せんけつ》がだらだら流れ落ちている。

「ひいぃっ！」

懐中電灯に照らされたその皺深《しわぶか》い顔は、恐怖《きょうふ》映画に出てくる化け物のようだった。思わず悲鳴を上げ、後ろにのけぞって尻《しり》もちをついてしまった。

じわっとパジャマの生地《きじ》が地面から水分を吸いあげる不快《ふかい》な感触がある。

恐怖で、この場から逃げ出したい気持ちに駆られた。

地面に倒れたままの老婆の方も、大きく目を見開き、慄《おのの》くような表情をしてこちらを見ている。雨に濡れたせいなのか、そういう髪質なのか、彼女の銀髪はクルクルとうねり、少し長めのパンチパーマみたいだ。

老婆は私と見つめあった後、不意に痛みを思い出したように癖《くせ》の強い前髪の辺りをおさえ、「ううう」と呻《うめ》いた。

――腰を抜かしている場合じゃない。

慌《あわ》てて身を起こし、膝立ちのまま少し距離を縮め、恐る恐る声をかけた。

「だ、大丈夫ですか？」

地面に落とした懐中電灯が、のろのろ身を起こす老婆のむこうを照らしている。地面に茶色い長方形の物体が落ちていることに気づいた。その角に血のようなものがついていた。

嘘《うそ》でしょ……。まさか、あれがこのお婆さんの頭に当たったの？

台風への備えとして廃材に被せたブルーシートの端に置いたアレだ。きっと、暴風に煽られたシートがあの煉瓦を吹き飛ばしたのだろう。だとしたら、相当な速度で直撃したに違いない。

「ごめんなさい！　まさか、こんなに風が強くなるなんて……、まさか、こんな重いものが飛ぶなんて思わなくて……」

必死で言い訳を並べていた。が、関東在住の人間で台風がくることを知らなかったという者はいないだろう。暴風域に入るとわかっていた。それなのに、あんな小さな煉瓦ひとつでブルーシートを押さえようなんて、ぬるい考えだった。

「ごめんなさい。本当にごめんなさい」

私が謝罪の言葉を重ねる間、なぜか老婆の方も「ごめんなさい」「ごめんなさい」と小声で繰り返し、何かに怯《おび》えるように身を震わせている。

煉瓦の直撃を受け、おかしくなってしまったのだろうか？

「す、すぐに救急車、呼びますから！」

何度も頭を下げ、家に入って携帯を探そうと立ち上がりかけた時、老婆が「待って！」と声をあげた。血まみれの顔の、その鬼気迫《ききせま》る表情に、また、ひっ！　と喉《のど》の奥が鳴った。

「大丈夫だから」

様子のおかしい人が額から血を流しながら「大丈夫」と言っても、はい、そうですか、と放っておくわけにもいかない。しかも彼女は地面から身を起こしたものの、立ち上がる気配がない。何かを恐れているようにただ震えている。やはり頭を打ったせいで、混乱しているのだろう。

「や、やっぱり救急車、呼んだ方がいいです」

「お願い。呼ばないで。保険証《ほけんしょう》も持ってないし、お金もそんなに持ってないの」

「お金は私が払います。私の不注意でケガさせてしまったんだから」

打った場所が場所だけに、頭部のＭＲＩだかＣＴだかを撮ることになるだろう。保険無しで、一体どれぐらいの医療費《いりょうひ》がかかるのかはわからない。

――でも、それは仕方ない。私のせいなのだから。

諦《あきら》めと強い罪悪感に襲われていた。

必死で病院に行くことを勧めたのだが、老婆は頑《かたく》なに救急車を拒んだ。「本当に大丈夫なの。もう、行くから」と、言い張って。

何か事情があるのだろうか……。

どうしていいかわからない。いや、こんな時こそ、落ち着いて考えなければ。

救急車を呼ぶ以外の方法を考えていたその時、びゅっと風が鳴り、雨が塊《かたまり》になって体に打ちつけてきた。庭木が大きく揺さぶられている。ブルーシートが風に煽られ、今にも羽ばたこうとするみたいに、ばさばさ音をたてていた。今度こそ、プランターが飛ぶかも知れない。

「と、とにかく、中へ。ここにいたら何が飛んでくるかわからないから！」

叫んだあとで、どの口が言っているのだろう、と自己嫌悪《けんお》に陥った。

けれど、老婆はどこか安堵したような顔になって、ようやく重そうな尻を上げた。

私は老婆の持ち物と思われるバッグを地面から拾った。

すると、彼女も慌てた様子で、きょろきょろ辺りを見回すと、何かを拾いあげる。それは布製の巾着袋《きんちゃくぶくろ》みたいなものに見えた。

「荷物はこれだけですか？」

うなずく彼女の足許を懐中電灯で慎重《しんちょう》に照らしつつ、玄関の戸を開けて中に招き入れた。

「ちょっとここに座っててね」

私は風呂場の脱衣場で濡れたパジャマを手早く着替え、老婆の血を拭くためのタオルと、濡れた体を拭くためのバスタオルをもって玄関へ戻った。

「ありがとう……」

老婆は両方のタオルを受けとっておきながら、バスタオルだけをつかった。最初に白髪頭をがしがしとぬぐい、次に顔をぺたぺた、最後に服や手足をぐいぐい拭いた。

血のついたタオルで体も拭いたために、頭からすっぽりかぶるタイプのゆったりした服も腕も血だらけになった。

「ちょっと手当をさせてちょうだい。といっても、傷を消毒してガーゼを当てるぐらいしかできないけど」

「ごめんなさい」

それを承諾《しょうだく》と理解して、救急箱を取ってきた。

「沁《し》みる？　大丈夫？」

一通りの手当が終わった後、老婆は「ありがとう」と立ち上がって、出て行こうとする。ずぶぬれで、あちこち血の滲《にじ》んでいるワンピースのまま。そそくさと出て行こうとする様子は、やはりまだ怯えているように見える。

彼女をこのまま外に出してはいけない気がした。

「待って！　まだ、外は危ないわ」

「けど……」

「その恰好《かっこう》で外に行くのはマズいでしょ。私が入った後の残り湯で悪いんだけど、お風呂に入って行ってちょうだい。きっと落ち着くから」

停電のせいで、たぶん給湯器の追い炊きスイッチは入らないだろう。だが、たとえぬるいお湯でも、浴槽《よくそう》につかったら、リラックスして平常心に戻れるのではないかと思ったのだ。

幸い、今夜は気温が高い。

自分の汚れた服を一瞥した彼女は、素直にこっくりとうなずいて、私がそろえたスリッパをはいた。

「こっちよ」

風呂場に案内し、懐中電灯を彼女に持たせた。

当然のことながら、彼女が脱衣場のドアを閉めた途端、家の中が真っ暗になった。

そして、ふと、暗い廊下で考えた。

入浴を勧めたものの、着替えがなかった。私は標準的なMサイズ体形で、うちにはあんな大柄な女性にあうような服はない。

そういえば……。

タンスに元夫が寝る時に着ていたスエットの上下があったはずだ。

元夫が出ていって五年ぐらいは、もしかしたら帰ってくるかも知れない、と思って衣類を残しておいた。

だが、待つことに疲れ、自分の未練を断ち切るような気持ちで彼の衣類をいっぺんに捨てた。にもかかわらず、一番くたくたに着古していた部屋着だけは、どうしても捨てることができなかった。三十年、ずっと一番下の引き出しの底にしまったままだ。

彼は細身だったが、背が高く、ゆったりした部屋着を好んだ。スエットやジャージは3Lサイズのはずだ。

そのスエットは気のせいか少し湿気を含んでいるように感じた。けれど、これ以外に彼女が着られる服がない。

私は元夫の部屋着と新しいバスタオルを脱衣場の洗濯機の上に置いた。

まさか、三十年も経って、夫の部屋着が役に立つとは思わなかった。

浴室の中からピチャンと浴槽の湯が跳《は》ねるような音がしている。

ドアに近寄って、声をかけた。

「着替え、ここに置いておくね。これでよかったら……。着てちょうだい」

「あ、ありがとう」

その声はどこか固く、彼女はまだ緊張しているようだった。


脱衣場を出て、スマホのライトをつけて足許を照らした。既にスマホのバッテリー表示が半分に減っている。残量を見て、急に心細くなった。

――うちにローソクはなかったかしら。

仏壇《ぶつだん》もないし、ローソクをたてるようなバースデーケーキを買ったこともない。

そういえば……。

これまた何となく捨てられなかった結婚式の時のキャンドルサービス用の蠟燭《ろうそく》があったことを思い出した。

仕舞っている場所は覚えていた。押し入れの奥だ。

スマホの光をたよりに、ようやく、それらしき立派な箱を見つけた。

リビングに運んで箱から出し、テーブルの上に据えた。式の時に一度だけ炎《ほのお》を灯した芯にマッチで火をつける。

キャンドルは、記憶にあったそれよりもかなり大きくて、恥ずかしいほど仰々しい装飾があった。

思えば、元夫の聡一は、その朴訥《ぼくとつ》とした人柄には不似合いな、派手な結婚式を選んだ。一緒に打ち合わせに行った式場で、担当者に提案されるがまま、当時まだ、芸能人や野球選手の結婚式映像でしか見ないような、高く聳えるウエディングケーキやキャンドルサービスを取り入れた。まだ交際期間一年足らずだった私は、彼の意外な一面を見たような気がした。

『一生に一度のことだから』

そう言って、独身時代の貯金をはたき、私に純白のウエディングドレスとグリーンのカクテルドレスまで着せてくれた。

招待客は四十人ほどだったから、ホールは小さめだった。それでも主演女優になったような幸せな高揚感があった。

あの日の気持ちと煌《きら》びやかな会場の様子を、今でも鮮明に思い出す。

あの時は、自分にこんな老後が待っているとは思わなかった。どちらかが死ぬまでずっと一緒に生活するものだと思っていたのに……。

知らず知らず溜め息が漏れる。

——それにしても……。

こうしてキャンドルの灯が照らすと、いつもだらだら過ごしている部屋が、どこかミステリアスな空間のように見えるから不思議だ。

時おり風呂の方から漏れ聞こえてくる湯浴《ゆあ》みの音を聞きながら、頬杖《ほおづえ》をついてじっと炎を見つめていた。

やっと気持ちが落ち着き、冷静になれたような気がした。

――あの人、なんで、うちの庭にいたのかしら……。道路に倒れていたのならまだしも。どうして、こんな大嵐《おおあらし》の夜に、うちの庭に入ってきたの？

停電のせいで外灯が消えて、方向がわからなくなって迷い込んだ？

でも、庭には柵《さく》がある。柵の中ほどにある扉を開けて入ってきて、雨やどりでもしようとしたの？

そんな人、いる？

まさか、泥棒⁉

もしかしたら、彼女が持っていたバッグの中に、強盗するための凶器や既に他家で盗んだ物が入ってるとか？

自分の想像にゾッとした時、廊下を歩いてくる足音が聞こえた。思わず身構える。

「あのぉ……」

キャンドルの明かりが廊下に漏れていたのだろう。おどおどと声をかけながら、懐中電灯の光とともに、元夫の部屋着に着替えた老婆がリビングに入ってくる。

「傷はどう？　痛くなったら、いつでも言ってね」

白いガーゼを額に貼っている彼女は小さな声で、もう大丈夫、と弱々しく笑う。

「ごめんねぇ。迷惑かけてしもうて」

消え入りそうな声で謝る彼女の言葉は、どこか懐かしいようなイントネーションを含んでいた。

こんなのっそりと動きの遅い、気弱そうな老婆に強盗などできるはずがない。

私は自分の妄想と警戒心を振り払った。

どう見ても凶悪な強盗ではない。

冷静にそう考えると、急に親近感が湧いた。庭に入った経緯《けいい》はわからないが、何かの縁でここにいる相手。何より、自分の不注意で怪我をさせてしまった相手だ。

「どうぞ、ここに座って」

私は座っていた三人掛けのソファを立ち、センターテーブルの向こう側に置いている一人掛け用のオットマンに移動した。

彼女はソファに座ったものの、どこか居心地が悪そうだ。

「ねえ。お腹、空かない？　ゆで卵があるの。それも今日に限って、ふたつあるの。一緒に食べない？」

「ええの？」

聞き返す訛《なま》りが素朴《そぼく》で温かい。

「うん。ちょっと座って待ってて」

思えば、独り暮らしになってから、自分以外でそこに座ったのは兄ぐらいだ。嫌味しか言わない兄以外の人物と向かい合えることが単純に嬉しかった。

茹でた時は憂鬱《ゆううつ》だった卵が、今は貴重な食糧に思える。こんなものでも、お客さんに出すものがあって良かった、と。

ふたつの卵は小鍋のお湯につかったままだったせいか、まだ少し温かい。懐中電灯で食器棚を照らし、一番小さな皿を二枚出した。皿にひとつずつ置いて、塩と一緒にお盆に載せる。

「こんなものしかないけど、どうぞ」

「ありがと」

そのアクセントも標準語のそれではなく、なんだか温かい。

ふたり黙って、かちかちかちかち、と皿の端で卵の殻を割る。自分がもしゃもしゃと咀《そ》嚼《しゃく》する音がやけに大きく響いているような気がした。

「私、佐伯《さえき》真理子っていうの。あなたのお名前、聞いていい？」

佐伯というのは、元夫から離婚届が郵送されて来た後に、真っ先に捨てるべきだった夫の姓だ。

それなのに、表札やら郵便物の宛先やらを変更するのが面倒くさい、と言いながら、実はまた元夫の籍に戻る日がくることを待っていたような気がする。

短い間があった。

彼女は口の中の卵を飲み込むような音をたててから、「山崎加代《やまさきかよ》」と短く答えた。

「山崎さん……」

「加代でええよ」

彼女は少し照れ臭そうに言った。

「わかった。加代さんね」

それっきり沈黙が続いた。外ではゴォーッと風が唸《うな》り、雨粒が窓を打つ音がしている。

加代の皺深い顔を炎が照らしている。きっと、私の顔も陰影《いんえい》がくっきり見えているだろう。

「外はすごい風ね」

「そうじゃね」

また、会話が途切れる。

何を喋ったらいいかわからない。相手のことをよく知らないというのもあるが、こんな風に向かい合って誰かと喋ることが久しくなかったせいだろう。

沈黙に耐えかね、小さな音でラジオをつけた。

『台風十五号は午後十一時頃、千葉県千葉市付近に上陸した模様です。が、明日の明け方には茨城《いばらき》県沖へ抜け、日本の東の海上で温帯低気圧に変わるものと思われます。まだ、しばらくの間は関東全域に影響が……』

ウエディングキャンドルをはさんで、ふたり黙って卵を食べ終えた。ささやか過ぎる晩《ばん》餐《さん》だが、この非日常的な空間が、何だか楽しかった。ひとりだったら不安と心細さしかなかっただろうこんな夜に、誰かが傍《そば》にいてくれることが単純に嬉しい。

「外は大嵐だし、頭も打ってるし、今夜はここに泊まってね」

「え？」

私の提案に、老婆は困ったような顔をしている。

「まさか、出て行こうと思ってるの？　台風が上陸してるのよ？　それに、容態が急変したりしたら困るわ」

「じゃけど……迷惑じゃろ？」

それはこの辺りでは聞かない方言だった。けれど、今は彼女の出身地を聞くよりも、彼女を引き止める方が先決だ。

「ぜんぜん。うちはいいんだけど、加代さんのおうちの人が心配してない？　おうちに電話した方がいいんじゃないの？　安全な場所にいるから心配しないで、って」

加代は一瞬、視線を泳がせた後、どこか沈んだ表情で答えた。

「心配してくれる人は、もうおらんけぇ」

彼女も『ひとり』なんだ、と思ったら、強い親しみが湧いた。

「だったら、なおさら今夜は泊まってちょうだいよ。干してないんだけど、もうひと組、お布団を敷くから」

とはいえ、それは元夫が使っていたもので、ずっと押し入れから出していないシロモノだ。

「うちはここでええよ」

うち、とは『私』という意味なのだろう。舞妓《まいこ》さんが自分のことをそう言っているのを、テレビで見たことがある。京都《きょうと》の人だろうか？

「加代さんは京都の人？」

また躊躇うような沈黙の後、彼女はぽつりと答えた。

「山口《やまぐち》」

「山口って広島の隣の？」

日本地図を思い浮かべつつ尋ねると、なぜか彼女は小さく息をのんだように見えた。

が、すぐに、

「そうじゃけど……。うちは山口県でも周防大島《すおうおおしま》っていう田舎《いなか》の出身じゃけぇ」

と、つないだ言葉の訛りも、切ない懐かしさをともなって鼓膜《こまく》に響く。

夫が広島の出身で、同じ中国地方のせいか訛りが似ているのだ。

「台風が関東に上陸するってわかってたのに、今日、山口から埼玉まで来たの？」

加代は「うん」と短く答えたまま黙っている。リビングに時計の秒針が刻む音だけが響く。それっきり加代は何も言わないので、この後の段取りを考えた。

「じゃあ、今夜はここに毛布だけ持ち込んで、ふたりでこのソファで寝ようか」

自分の発言に年甲斐《としがい》もなくワクワクしてきた。修学旅行の前夜のように。

ソファの三人掛けの方はL字型になっている。どうにかふたり、寝られないこともない。

「迷惑かけて、ごめんね」

これで何度めの『ごめんね』だろう。その申し訳なさそうな、他人行儀な言い方がもどかしい。こっちは加害者で、怪我をさせてしまった相手……、いや、客に接するような距離感になってきているのに。

「いいのよ。私の不注意で怪我させてしまったんだから。明日の朝はもっと美味しいもの、作るわね。兄が持ってきた桃缶もあるのよ」

ささやかでも、もてなしたいと思っていた。当然のことながら、明日になって台風が過ぎ去り、体調も悪くなければ出ていってしまう相手だとわかっていたのだが。

4

翌朝、目が覚めて壁の時計を見ると、もう八時を過ぎていた。

――いつもは遅くても七時には目が覚めるのに。

寝不足のせいだ。

昨夜《ゆうべ》、加代と私は同じソファの上で別々の毛布にくるまって寝た。L字型のソファのコーナーに、互いの爪先が向くようにして横になると、加代はすぐ寝息をたてはじめた。疲れていたようだ。

けれど、私はなかなか寝つかれなかった。今夜の出来事がすべて夢で、朝になったら加代が霧《きり》のように消えてしまっているような気がした。夢で見た元夫とその愛人のように。

そうしたら、また、ひとりきりの朝がくる。

それが怖くて、何度となく目を開け、加代がそこに寝ていることを確認した。

壁の時計の針が十二時をさした時、いい加減、眠らなければ、とキャンドルの火を吹き消した。

やっとウトウトしかけた頃、加代の強烈《きょうれつ》な鼾《いびき》に叩《たた》き起こされた。毛布を頭からかぶり、耳を塞いでも、豚《ぶた》が鼻を鳴らすようなガッガッという音が延々と続き、鼓膜に届いた。

それでも、いつの間にか寝ていたようだ。

ハッと目を開けて体を起こした。

「加代さん？」

リビングに加代の姿がない。

やっぱり、夢だったの？

嵐の夜、自宅の庭に血まみれの老婆が倒れていた、という出来事がシュールな夢であっても不思議はない。たとえその夢の細部がリアルだったとしても。

だが、ソファの上にはきちんと畳まれた毛布が置いてある。

――夢じゃなかった。

ホッとした後には疑念が頭をもたげる。

まさか、金目のものを盗んで出て行ったの？

再び、強盗説が頭をよぎる。だが、彼女のバッグはソファの下に置かれたままだ。

唯一の持ち物であるバッグを忘れていく間抜けな泥棒もいないだろう。

ホッとしながらリビングを出て、加代の姿を探した。

「加代さーん、どこ？」

台所と和室を探した後、玄関のドアがわずかに開いているのを見つけた。

「加代さん？」

サンダルをはいて庭に出ると、台風はすっかり過ぎ去ったらしく、雲の合間から日が差している。まだ、地面や庭木の葉は濡れているが、風はすっかり止んでいた。

加代は庭の隅、ハナミズキの木の下にしゃがんでいた。元夫が植えた庭木の中で、唯一、花を咲かせる樹木だ。毎年、四月の終わり頃、薄いピンク色の花を咲かせる。

「加代さーん。そこで何してるのー?」

玄関先から声をかけると、彼女はハッとしたようにこちらを見て、立ち上がった。

加代の体形がふくよかなせいで、夫が着ていた部屋着と同じものと思えないほど、ラインがぼこぼこ膨《ふく》らんでいる。

明るい所で初めて加代の顔をはっきりと見た。

老人特有の眼瞼下垂《がんけんかすい》で、せっかくの二重が腫れぼったく見える。鼻は低く、口は大きい。ひどい二重顎《にじゅうあご》で、腹話術《ふくわじゅつ》の人形だか操《あやつ》り人形だかのように、ほうれい線が深い。

お世辞にも美人とは言えないが、人のよさそうな顔つきだ。

それに、こうして朝の光の中で見ると、加代はそれほど年寄ではないように見えた。自分と同い年ぐらいだろうか。昨夜は十歳ぐらい年上に見えたのだが。

手には辛子《からし》色の巾着を持っていた。嵐の中、バッグは投げ出したままにして、真っ先に拾ったあの巾着だ。

「ネックレス、探してたんよ。夕べ、落としてしもうたみたいで」

巾着には高価なネックレスを入れていたのだろうか？　それなら、バッグより大事そうにしていたことにも得心がいく。

「そうなの？　それは大変だわ」

一緒に探そうとすると、加代は「ええの、ええの。安物じゃから」とあわてたように言う。

「そうなの？　じゃあ、私は朝ごはん、作るわね」

私は加代がいたことに安心しながら、台所に戻った。

幸い、電気は復旧し、水道もガスも使える。

だが、ひと晩、通電していなかった冷蔵庫の中のものは状態が怪しい。今朝、食べようと昨夜作った豆腐の味噌汁を冷蔵庫に入れておいたのだが、食中毒が怖かった。牛乳もハムも使わない方が無難だろう。

台風がくると聞いていつもの三倍近い金額の食材を買ったというのに、まともな朝ごはんすら作れないとは……。

インスタントラーメンとかシリアルとか、とにかく単体で簡単に食べられるものに特化して購入したせいだ。

今ある食材で朝食を作るのを断念し、庭に戻ると、彼女はぼんやりした様子でまだハナミズキの傍に立っていた。

「加代さん。一緒にお買い物に行かない？　いつも行く四ツ池スーパーが八時半には開くの」

「買い物⁉」

振り返った加代の顔がパッと輝いた。

「うん！　行きたい」

急に屈託《くったく》なく笑って家に入った加代は、リビングからバッグを持って玄関に戻ってきた。

初めて見る加代の子供のような笑顔に、私まで心が弾んだ。

だが、この男物のスエットで外へ出るつもりなのだろうか。とはいえ、うちにはもう彼女の体型を包み込める服がない。

本人がいいのならそれでいいか、とふたりで家を出た。自転車は一台しかないので、徒歩で四ツ池スーパーまで行くことにした。

男物のスエットによそいきのバッグを持って歩く恰幅のいい老婆を、すれ違う通行人が二度見する。

だが、加代はその好奇の視線に気づく様子はなく、私も気づいていないふりをした。

三軒隣の佳津乃の家は、まだ固く雨戸を閉ざしていた。私には一緒に買い物に行く友達がいるところを見せたかったのに。

「この家には佳津乃さんっていう上品ぶった元芸者さんが住んでいてね」

私は加代に、思わせぶりで、いつもストレスを与えられる隣人の話をした。知らず知らず悪意のこもる説明になった。

嫌な人だと思われたかしら。そんな心配をよそに、加代は、

「おるよね、そういう人」

と、眉間に皺を寄せて共感を示す。

「うちの近所にも、おるわ。最初はすごい自分のことを卑下《ひげ》するんじゃけど、油断してたら、いつの間にか自慢話になっとるんよ」

ちょっと違うかも知れない。そう思ったが、互いに隣人に対する不満を吐き出したことで距離がさらに縮まったような気がした。

「加代さん、夕べ、どうしてうちの庭にいたの？」

不審者だと疑っているように聞こえるかも知れない、と思って昨日は聞けなかったことも質問できる雰囲気だった。

が、そう思ったのは私だけだったのか、加代の表情が少し硬くなった。十秒ぐらいの沈黙のあと、加代は憂鬱そうに口を開いた。

「実は……。アパートを閉め出されたんよ」

事情を言いにくかったようだ。

「え？　閉め出された、ってどういうこと？」

「安い単身者用のアパートなんじゃけど、支払い期限までに家賃を入金しないと部屋を出た瞬間にロックがかかって、家賃を振り込むまで入れんようになるんよ。滞納《たいのう》して夜逃げする外国人労働者もおるけえね」

「……」

絶句した。そんな恐ろしいシステムで管理されている賃貸アパートがあるのだろうか、と。

「うちも閉め出されてしもうて。埼玉に身を寄せられる知り合いがおったことを思い出して、電車を乗り継いで来たんじゃけど、途中で電車が止まってしもうて……」

「え？　乗り継いで……って、在来線で東京まで来たの？」

家賃も払えないのだから、新幹線代が払えないのは当然だろう。

「う、うん……。まぁ……」

と、加代はあいまいに笑ってから続けた。

「降ろされた駅から記憶をたよりに歩きよったら、停電で周りが真っ暗になって、傘も飛ばされて……。気がついたら、真理子さんの家の庭に迷い込んじょったみたい」

「そ、そうなんだ……」

暗がりの中で道に迷ったところまでは理解できた。が、他人の家の敷地内に門扉《もんぴ》を開けて入ってきたことは理解に苦しむ。

ただ、彼女が単身者用のアパートに暮らしていることには共感を覚えた。

「そっか……。加代さんも独り暮らしなんだね」

うん、と小さくうなずく加代と微笑《ほほえ》みあった。

その後はスーパーに向かう道すがら、郵便局の場所や最寄りのバス停から行ける駅など、近隣施設のロケーションを説明しながら歩いた。加代のスローな歩調に合わせて。

——この先、彼女がこの町に住むわけでもないのに。

わかっていながら、自分の生活圏《せいかつけん》を紹介していた。

のろのろ歩いたせいで、スーパーに着いたらもう九時前だった。

当然のことながら、お出迎えのスタッフはもういない。が、今日は、そんなことはどうでもいい。加代とあれこれ喋りながら買い物できるのだ。

いつもはトーストとコーヒーだけで済ませる朝食だが、今日は加代のために、和食を用意したいと思った。

「加代さん。鮭や卵焼きは好き？　何、食べたい？」

「ローストビーフ」

「え？」

「うちは、これが好きなんよ」

加代の視線の先には国産牛のジューシーな赤身をローストし、スライスしたものがある。軽く面食《めんく》らった。朝から血の滴《したた》るようなローストビーフを食べるのか、と。

他にも、これまで私が手を出したことのないノルウェー産のサーモンや、高級そうな焼き菓子をぽんぽん買い物カゴに放り込む。

とても家賃が払えなくてアパートを閉め出されている老婆の所業《しょぎょう》とは思えない。

スーパーに着くまでは自分にも一緒に買い物する人がいることを南出に見せつけようと思っていたのだが、店内を歩き回るうちに加代の言動に違和感を覚え、何となくいつもとは別のレジを選んでいた。

「うちが払うけえ」

一番手前のレジの列に並んだ時、加代が後ろから手を伸ばしてきて、私が持っていたカゴを引き取った。

「え？　いや、いいのよ。私がお買い物に誘ったんだから」

「ええよ、ええよ。世話になったんじゃし」

と、加代は財布《さいふ》から一万円札を出した。その時、ちら、と見えた札入れには厚みがあり、少なくとも十万円は所持しているように見えた。家賃も払えず、閉め出された、と言ったにもかかわらず。

——あのお金は何？　その血も涙もないアパートの家賃って一体いくらなの？

得体《えたい》が知れない……。やはり、朝食を食べたら早々に出て行ってもらおう。

加代に対する警戒心が再び頭をもたげた時、

「真理子さん。どこにお金を入れたらええの？」

と、支払機の前で疑惑の人物がおろおろしている。

やはり強盗には見えないが、何か隠しているのは明らかだ。

「最初に画面で『現金』を選んで、お札はここ。小銭《こぜに》はここに入れるのよ」

「わあ。真理子さん、よう知っちょるねぇ」

「いつもここで買い物するからね」

尊敬の眼差《まなざ》しを向けてくる加代に、少し素っ気ない言い方をしてしまった。朝食がすんだら出て行ってもらう相手に、うっかり情が湧いてしまったら困ると思ったからだ。


レジ袋をひとつずつ提げてスーパーを出た。

私の警戒心が伝わってしまったのか、帰路はあまり会話が弾まなかった。

こちらが黙っていると、加代も口を開かない。どこかおどおどして、こちらの様子をうかがうような、昨夜と同じ遠慮《えんりょ》がちな態度に戻ってしまった。

私は、これでいいんだ、と確信しながら歩いていた。

「あら？」

この時間帯、いつもは人通りが少ない道路に、十数名ほどの人だかりができていた。

「何じゃろう?」

加代も不思議そうな顔をして見ているのは、佳津乃の家の辺りだ。

悪い予感がした。胸騒ぎがして声も出ない。

「事件かねぇ?」

加代がそう聞いたのは、近づいてきた佳津乃の家の前にパトカーが停まっていて、警察官が慌ただしく出入りしているのが見えてきたからだろう。

佳津乃の敷地の入口には、立ち入り禁止を表わす規制線のテープが張られている。テープの黄色と黒の明瞭《めいりょう》さに、左胸の鼓動がどくんどくんと大きくなる。

「殺人事件じゃなくて、ただの孤独死だってさ。これから検死されるんだろうな」

どうでもいいように言った若い男が、連れの女と一緒に野次馬の群れを離れる。

——孤独死……。

その単語が頭の中をぐるぐる回り始めた。

「佳津乃さんは身寄りもなくて、訪ねてくる人もいなかったらしいんだけど、毎日、牛乳をとってたらしくてね」

この騒ぎを遠巻きに見ている年配の女性がふたり、小声で喋っているのが聞こえた。住人の名前を知っているということは、佳津乃と親しかったのだろうか。

なぜか、彼女に親しい隣人がいたことに興味をひかれた。

思わず足を止め、他の野次馬と同じように中の様子をうかがうふりをして、ふたりの会話に耳をそばだてていた。

「毎日、きちんと洗った牛乳の空瓶《あきびん》が置いてあるのに、前の日の牛乳がそのままだったから、配達の人が不審に思って町内会長に連絡したんだって」

「佳津乃さん、几帳面《きちょうめん》だったもんねえ」

「それで、会長さんが警察の人と一緒に家の中に入ったら、トイレに座ったまま亡くなってたって」

「え？　そうなの？　いつもちゃんとしてたから、そんな姿、見られたくなかったでしょうね。元芸者さんだったんでしょ？」

私以外にもそんな私生活を話す隣人がいたんだ、と、なぜかがっかりしている自分がいた。他に話す相手もいないから、いつも買い物帰りの自分を呼び止めるのだと思っていたのに。私と同じぐらい孤独な人だと思っていたのに。

自分の勝手な思い込みが嫌になってそこを離れかけた時、「それがね」と佳津乃の遺体が見つかった経緯を話していた女性が意味ありげに言葉をつないだ。

「会長さんは佳津乃さんがこの建売を買った頃のことも知ってるんだって。芸者だった、っていうのは嘘みたい」

「え？　嘘なの？　お座敷で大物政治家に口説かれたとか、スターのご贔屓さんがいたとか言ってたじゃない？　あれ、全部嘘だったの？」

「そう。全部、嘘。本当は高校出て定年まで市役所で働いてたそうよ」

「えー？　ほんとに？　すっかり騙《だま》されてたわ。そういうの、虚言癖《きょげんへき》って言うんだっけ」

ふたりの会話に啞然《あぜん》とした。

——つまり、芸者時代の話は他人の気をひくための嘘だったってこと？　嘘だから、肝心なところは言わなかったんじゃなくて、言えなかったってこと？

そう思うと切なかった。心を開いてその寂しさを伝えてくれていたら、もっと違った関係が築けていたかも知れないのに。

いや、自分だって、本心を曝《さら》け出《だ》して喋ったことなどなかった。

「真理子さん、大丈夫？」

そう聞かれるまで加代の存在を忘れていた。

「え？　何が？」

「顔が真っ青じゃ」

「そ、そう？」

加代に孤独な心を見透かされているような気がして、彼女から顔を背け、急いでその場を離れた。

同じ歩調でついてくる加代が不意に、

「怖いよね。孤独死とか。うちも牛乳、とろうかな」

と真剣な顔で呟《つぶや》く。彼女も野次馬の会話を盗み聞きしていたようだ。

「牛乳って……。そこ？」

「だって、もし牛乳とってなかったら、死んでから何日も誰にも気づかれんかった、ちゅうことじゃろ？」

「それはそうね……。じゃあ、私も牛乳、とろうかな」

加代の冗談に乗るつもりで言ったのだが、彼女は真顔だ。

「そうじゃね。牛乳には栄養もあるしね。一石二鳥《いっせきにちょう》じゃね」

思わず、ぷっと噴き出してしまった。ついさっきまで隣人の孤独死に血の気が引き、動揺していたのに。

「加代さんって、面白いね」

「そうかねぇ？　うちは別に面白うもないよ、普通じゃろ」

「ううん。普通じゃない。面白い」

そんな平行線の会話をしているうちに自宅に着いていた。

もし、ひとりでいる時に、佳津乃の悲報に接していたら、こんな風に平常心ではいられなかっただろう。彼女の孤独な最期《さいご》に自分自身を重ね、おかしくなっていたかも知れない。

――今日、ひとりじゃなくてよかった。

心底そう思った。たとえ一緒にいるのが得体の知れない老婆でも。

「さ。ご飯作るからリビングでテレビでも見ていてね」

いつもの味噌汁を作り、塩鮭と厚焼き玉子を焼いた。

それから加代が一番最初に食べたいと言ったローストビーフのパックを開け、ガラスの皿に盛りつけることにした。

やはりひとりで台所に立っていると、佳津乃のことを思い出してしまう。いつも背筋を伸ばし、上品に振舞っていた。そして、自分の内側には決して踏み込ませなかった。

もしかしたら私と佳津乃は似たもの同士だったのかも知れない。

じゃあ、私の最期はどんなものになるんだろう。

兄は年に数回、顔を出すだけ。下手《へた》をすれば、異臭に気づいた近隣住人の通報によって、死後何日も経って発見されるなんて事態になってもおかしくない。

真剣に、牛乳か新聞をとろうか、と考え始める自分がいた。

その時、加代が台所に顔を出し、「何か手伝おうか」と言う。もう、準備は終わりかけだ。

彼女のマイペースさに救われる。

「大丈夫。もうほとんどできたから。お茶だけ運んでくれる?」

「うん。これじゃね？」

私が急須《きゅうす》と湯呑《ゆのみ》をセットしたお盆を指さす。そして、ふとガラス皿のローストビーフを見て、首をかしげる。

「あれ？　ホースラディッシュはないん？」

「は？　ホース……なに？」

「ローストビーフに添える西洋ワサビ」

そういえば、ソースの袋と一緒に、一回り小さい緑色の袋が付いていたような気がする。急いでゴミを入れているレジ袋を探った。

「あった！　これのこと？」

その小袋はラップに張り付いていた。

「うん、それ！　それがあるのとないのとじゃあ、ぜんぜん味が違うんよ」

そう言って、私がつまみあげている小袋を奪い、ソースを入れた小皿に緑色のペーストを絞り出す。

加代のローストビーフに対する強いこだわりを感じた。

――もしかして、食に対する執着のせいで破産したのかしら。

スーパーで見た財布の中のお金も、家賃より食事を優先するための軍資金なのだろうか。

そんなことを考えながら、流し台からダイニングテーブルに料理を運んだ。ひとり、台所で食べるご飯は味気ない。だから、三食とも、リビングでテレビをつけたまま食べている。

が、今日は加代が向かいに座っているせいか、食卓の真ん中にローストビーフが陣取っ
ているせいか、別の場所みたいだ。

「真理子さん。ソース、お肉の上に、だぁーっとかけてもええ?」

加代が本当に嬉しそうな顔をして尋ねる。

「うん。いいよ。だーっとかけちゃって。だって、加代さんのお金で買ったんだもの」

加代は子供のようにえへへ、と笑う。その笑顔を見て、もしかしたら、加代は私より少
し若いかも知れない、と思った。

私もローストビーフを一切れつまんだが、確かにこの赤身の肉にはワサビの風味が合う。

「真理子さんが作ったこの卵焼きも塩鮭も、ぶち美味しいわいね。お味噌汁もちょうどえ
え濃いさじゃね」

加代は遠慮のないペースで朝食を平らげながら、感心したように言う。

「こんなの、誰でも作れるわよ」

「うんにゃ。こういう丁寧《ていねい》な味付けとか、美味しそうな盛り付けって、人柄が出るんよ。
誰にでも、出来るようで出来んもんなんよ」

「うんにゃ?」

加代の誉め言葉が嬉しすぎて、つい照れ隠しに彼女の方言を指摘してしまった。

「あ、えっと。『うんにゃ』て言うのは、山口弁で『いいえ』ていう意味なんちゃ」

本当は知っている。夫も広島の親戚と電話で喋っている時によく使っていた方言だ。話していた文脈から、何となく意味もわかっていた。

それなのに、つまらない指摘をして話をそらしてしまうほど嬉しくて照れ臭かったのだ。

「インスタントだけどコーヒー、淹《い》れるわね」

朝食だけふるまったら、早々に追い出すつもりだった。なのに、離れがたくて、あとコーヒー一杯だけ、と先延ばしにしている。

ふたりでリビングに移って食後のコーヒーを飲んだ。加代が買った焼き菓子と一緒に。

「なんだか、こんな贅沢な時間、久しぶりだわ」

「そうなん？　スーパーのフィナンシェなんて、一個二百円もせんよ？」

「そうだけど、勿体《もったい》ないじゃない」

「勿体ない？　明日、死ぬかも知れんのに？　お金を持っては死なれんじゃろ？」

つまり、金は生きている間に使え、という意味らしい。

「それはそうだけど、百歳まで生きるかも知れないじゃない？　それまでには何が起こるかわからないいし」

「そりゃあそうじゃけど。コツコツ貯めて、明日死んだら、大損じゃ？」

損？　自分の信条を損だと言われ、少しムッとした。

だが、そんな考え方だから家賃が払えなくなるんだろう、と得心がいく。

「まあ、考え方は人それぞれだからね」

加代には私の不快感は伝わらなかったらしい。彼女は平然とコーヒーを飲み干し、

「ほんなら、私はそろそろ行くけえ」

と、腰を上げる。

私はムッとしていたことも忘れ、「え？　もう？」と慌ててしまった。

この家にまた一人きりになってしまう自分を想像してゾッとした。

——昨夜までずっと一人だったのに。ほんの半日ほど誰かがこの家にいただけなのに
……。

半日で半年分ぐらい喋ったような気がする。

一緒にした買い物も食事も、何もかもが新鮮で本当に楽しかった。

そんな私の気持ちに気づく様子もなく、加代はさっと立ち上がり、出て行く気満々で辺りを見回す。

「私のワンピースはどこかいね？」

今朝、洗面所で顔を洗った時、加代のワンピースは脱衣所の洗濯機の上に置いてあった。

「あ、洗ってあげようと思って、洗濯機に入れちゃったわ。これから洗って干すから、乾《かわ》

くのは夕方になるかしら」

「え？　洗ってくれるん？」

「そりゃあ、そうよ。血や泥がついてるもの」

加代のワンピースのことなど今の今まで忘れていたのだが、咄嗟に加代を引き止める口実が口から出た。

するとと加代は申し訳なさそうな、それでいて少しホッとしたような顔になった。

それは当然の反応のように思えた。彼女には帰る家がないのだから。

とりあえず、洗濯をして、自分の衣類やタオルと一緒に加代のワンピースを干した。台風一過の夏空に、派手で幅の広い布が映える。

「こんな鮮やかなオレンジ色のワンピースだったのね」

洗濯物を干し終えた私に、加代が「ほんなら、夕方まで何する？」と尋ねた。

「え？　何って？」

「真理子さんは散歩とか、せんの？」

「散歩？　真夏のこの時間に外を歩くなんて正気の沙汰じゃないわ」

いや、季節によらず、散歩はしない。疲れるだけだし、そこらを歩き回ったところで、何も得るものはないとわかっている。

「ほんなら、真理子さんはいつも、買い物の後、何して過ごすん？」

「洗濯して、買い物して、テレビ見て、ご飯の支度して、お風呂に入ったら一日が終わるもの」

加代は心底感心したような顔になった。

「真理子さんの生活は規則正しいんじゃねえ」

加代が口にした『規則正しい生活』は嫌味でもなんでもないとわかっている。なのに、私の脳内で勝手に『退屈な生活』に変換された。それが自分の中のつまらない劣等感《れっとうかん》なのだとわかっていたが、またムッとするのを止められない。

「ほじゃけど、真理子さんの生活には運動が足りんのんじゃない？　散歩は体にええらしいよ」

飽食家《ほうしょくか》で、自分の何倍も太っている老婆に指摘され、カチンときた。

「じゃあ、行きましょうよ。そんなにいいって言うんなら」

自分が過ごしてきた日々を否定《ひてい》されたような気がして、つい、けんか腰になってしまった。

けれど、加代は私の機嫌が悪くなったことに気づかないのか、瞳《ひとみ》を輝かせ、

「うん。行こう、行こう」

と、バッグを持って立ち上がる。

「あ、待って。帽子《ぼうし》ぐらいかぶらないと」

そう言ったものの、あまり日中は出歩かない私の家には、つばの広い麦わら帽子と、頭をすっぽり覆う白いコットン帽しかない。

両方差し出して先に選ばせると、加代は迷わず麦わら帽子を手に取った。

「どうかねぇ？」

加代に感想を求められたが、どう見ても農作業の恰好にしか見えない。

「い、いいんじゃない？　近所を歩くだけだし」

どっちをかぶったとしても、メンズのスエットには似合わないだろう。


玄関に鍵をかけて家を出ると、雨上がり特有の匂いが漂っていた。湿った土の匂いと植物の香りが混じったような空気だ。

「どこへ行くん？」

たかだか散歩に行くのに何を期待しているのか、そわそわするように加代が聞いてくる。

「そ、そうね。どこがいいかしら」

何となく、佳津乃の家の方角には足が向かず、家の前の道を四ツ池スーパーとは反対の、普段あまり行かない方角へと足を踏み出した。

アスファルトの道に落ちた街路樹の枝や葉っぱ。どこから飛んで来たのか、ひしゃげた段ボール箱も道の脇にある。昨夜の風雨の強さを実感した。

台風の間は鳴りを潜めていた蟬《せみ》たちが歩道の街路樹で、鼓膜に張り付くような声でがなり立てていた。

「そういえば、近所に緑公園という名前の広い公園があるわ」

平地にあり、その周辺に川や交通量の多い道もないので、園児を連れて行く定番のお散歩コースだった。

そこでストレッチをしたり、散歩したりしている年寄りをよく見かけたものだ。

初めて見た時は、あんな暇そうな年寄りにはなりたくない、などと思ったものだが。

――まさか、私があの公園を散歩する日が来るなんて……。

体力のある若者なら団地の上にある運動公園にでも行くのだろうが、この暑さの中、年寄りがゼエゼエ言いながら坂道を上るのは危険だ。

そうなると、やはり散歩の最終目的地として思いつくのは緑公園しかなかった。

――こうやって、あの公園は老人たちの聖地になるのね。

私はげんなりしながらも、広めの歩道がある経路を選んで公園へ向かった。

日陰を選んで歩いたが、わずかな木洩《こも》れ日《び》でさえも強烈で、腕のシミが濃くなりそうだ。

紫外線《しがいせん》の強そうな太陽光もさることながら、隣を歩くスエットに麦わら帽をかぶった老女への視線も気になり、散歩を楽しめない。

一方の加代は、珍《めずら》しそうに周囲の住宅や街路樹を眺め回している。「夾竹桃《きょうちくとう》の花がきれいじゃねえ」とか、「この辺りは犬を飼ってる家が多いんじゃね」などと言いながら。

ようやく自然体に戻ったらしい加代は急に口数が増え、時折、「うっしゃっしゃ」と独特な笑い方をした。リラックスし、見るものすべてを本当に面白いと思っているように見える。そんな加代を見ていると、夏の日差しも、彼女のへんちくりんな恰好も忘れて、こっちまで楽しくなってきた。

ふたりで歩いていると、今まで家から遠いと思っていた公園に、あっという間に到着した。

この公園に来るのは久しぶりだ。

夏休みだからだろう、子供の姿が多く、あちこちで歓声が聞こえる。

「ええ所じゃねえ」

木陰にあるベンチに座って伸びをしながら加代が微笑む。

自分の持ち物でもないが、褒められて、ちょっと鼻が高かった。なのに、口では、

「そうかしら。普通の公園よ」

と言ってしまう。

例によって、加代が私の言葉を気にする様子はなく、私が隣に座るとすぐ、

「あ。真理子さん。ちょっと、ここで待っちょってね」

と、ベンチを離れた。

――トイレかしら。

そう思いながら、タオルで汗を拭って視線を上げると、青い空の縁に真っ白な入道雲《にゅうどうぐも》が湧きたっている。太陽が眩《まぶ》しく、周囲の緑が濃い。

たまには歩くのも、気持ちいいかも。

散歩には生産性が感じられず、楽しいと思ったことなどなかった。

けれど、誰かと一緒ならウォーキングも悪くない、と実感した。

「来る途中に自販機があったのを思い出したんよ」

加代の声がして、肩越しにペットボトルのお茶を差し出された。

「自販機でお茶を買ったの？」

スーパーで買うよりも割高のはずだ。が、加代は、それが何か？　と言いたげな顔をしている。

そんなんだから家賃が払えなくなるのよ、と説教したい気持ちに駆られたが、もうすぐ出ていく人間に、自分の経済観念を押し付けるのもおかしな話だ。

まあ、いいか、ともらったお茶のキャップを開ける。

「美味しい」

近くの自販機で買ったばかりのお茶は、キンキンに冷えていた。

加代が嬉しそうな顔になる。この顔を見るとつい警戒心が薄れ、油断してしまう。

「私ね、六十まで保育士の仕事をしてたの」

砂場の子供たちを眺めて喉を潤《うるお》しながら、うっかりそんな話を始めていた。

「そうなん？　真理子さんは賢《かしこ》いんじゃね。保母《ほぼ》さんって、短大に行って資格を取らんにゃ、なれんのんじゃろ？」

「まあ、そうだけど。二年間、普通に真面目に勉強すれば、誰でもなれると思う。ただ、向き不向きもあるから、保育士になった後の方が大変かも」

「そうなんじゃあ」

加代は神妙な顔をして聞いていた。

「私は子供が好きだったから、忙しくても苦じゃなかったの」

「でも子供だけじゃのうて、今でいうモンスターペアレンツみたいな親が文句を言うてきたりするんじゃろ？」

「まあ、そういうこともあったけど、子供たちの顔を見たら嫌なことも吹き飛んだわ」

ふうん、保育士の仕事は真理子さんに向いちょったんじゃね、と加代はうなずく。

「定年後もシニア向けの仕事として、夕方、自宅で小学校低学年の児童を預かる仕事をしてたの。放課後、仕事で帰りの遅い親御《おやご》さんが迎えに来るまでの時間ね」

「ああ。シルバー人材の紹介所なんかで、ようあるヤツじゃね？」

「そう。私が定年になった年に卒園した、希《のぞみ》ちゃんっていう女の子でね。共稼《ともかせ》ぎのおうちの子だったんだけど、少し神経質なところがあって、学童保育に行きたがらないって。園長先生のところなら行きたいって言ってくれたから」

それから四年間――小学校四年生になっても、希は放課後をうちで過ごした。

一緒におやつを作ったり、宿題をみてやったり。七時頃、仕事帰りの母親が迎えにくるまでの数時間のことだったが、働く親の支えになっているという満足感があった。何より、自分を慕《した》ってくれる女の子が、娘のようで愛《いと》おしかった。

「希ちゃんは色が真っ白な可愛い子でねぇ。保育園の時から私によくなついてくれてたの。おとなしい子だったし、聞き分けもよくて何の心配もなかったんだけど……。私の不注意で、火傷《やけど》をさせてしまったの」

私がドーナツを揚げるのを手伝おうとして、鍋に手が当たって、油が零《こぼ》れてしまったのだ。保育園の頃から大きな声を出したことがなかった彼女が、火がついたように泣き叫んだ。あの声が今も忘れられない。純白で無垢《むく》な腕に残った真っ赤な火傷の色も。

すぐに冷やして病院に連れていった。

が、無情にも医師から『痕《あと》は残るでしょう』と告げられた。

「預かっている子供は親御さんにとって宝物なの。小さな傷ひとつ付けないように気を付けなければいけない。現役の頃からずっと、そう思って保育士をしてきたのに……。彼女の手に消えない痕を残してしまったのよ」

責任を感じて、自宅で子供を預かる仕事は辞めてしまった。

「園長をやってた保育園は慢性的な人手不足でね、その後も、延長保育の手伝いをしてもらえないか、って言ってきたんだけど、あれ以来、もう子供を預かるのが怖くなったの」

ペットボトルを口に運んだあと、加代がぽつりと言った。

「真理子さんのせいじゃないいけえ」

「気休めは言わないで。私のせいに決まってるじゃないの」

加代が私を慰めようとして言ってくれたことはわかっていた。それでも、軽々しく『私のせいじゃない』と言って欲しくなかった。

それでも、加代は続ける。

「けど、家の中って、意外と危険なものがいっぱいあるじゃろ？　保育園なら子供を預かる場所じゃけえ、安全に子供を見られるんじゃないん？」

「そりゃあ、そうだけど……。私に保育園の延長保育を手伝えっていうの？」

「そういうわけじゃないけど。行ってみん？　その保育園」

「やめとく」

「なんで？」

「なんでも」

加代には言えなかった。

自分が現役の保育士だった時、退職した上司が職場に来るのを鬱陶《うっとう》しいと思っていたことを。

『暇なのかしら。用もないのにちょくちょく来て、先輩《せんぱい》風吹かせて昔のやり方を押し付けられても困るのよ』

そんな風に思っていた。いや、思っただけでなく、同僚《どうりょう》と一緒になって『迷惑だ』と言い募《つの》った。

今なら、自分が青春を捧《ささ》げた場所を懐かしむ気持ちは痛いほどわかる。その一方で、若い保育士がOBを煙たく思う気持ちもわかる。だから、退職後は昔の職場に近寄らないようにしていた。

公園には一時間ほどいただろうか。スマホの表示を見ると正午を過ぎている。

「そろそろ、乾いたかねえ。ワンピース」

加代がベンチから立って、腰を伸ばした。

干してからまだ二時間ぐらいしか経っていないが、この日差しなら、歩いて帰った頃にはもう乾いているかも知れない。

「そ、そうね。そろそろ戻ろうか」

家からこの公園までは十分ほどだった。多分、三十分後には加代は私の傍からいなくなる。

また会える日が来るのだろうか。いや、彼女が言う山口県の島に戻ってしまったら、もう会うこともないだろう。そう思うと、たった一泊しただけの素性もわからない人間と別れるのが、寂しくて、辛くて仕方ない。

「あのね、加代さん」

迷った挙句、自宅へと戻りながら切り出した。

「加代さんも、次の年金受給日は十五日でしょ？」

「うん。十五日じゃけど……」

いきなり年金の話をしたせいか、加代は少し怪訝《けげん》そうな顔になる。

「それまでに家賃、払うあてがあるの？」

「え？　家賃？」

この重大案件を忘れていたかのように、加代がぽかんとした顔で聞き返す。

それでも、すぐに自分が置かれている状況を思い出したのか慌てた様子で、

「こっちにおる知り合いの電話番号はもう使われてないし、住所もようわからんし、すぐには払えんかもしれんね」

と、早口で言った。

「そこで私から提案なんだけど、来月の十五日までなら、うちに居てもいいよ。家賃はもらわないけど、その代わり食費とか、生活費は折半《せっぱん》ね」

ずいぶん上から目線の発言になった。こんな風に相手が可哀そうな状況だと、強気になるのが私の悪い癖だ。本当は、独りきりに戻るのが嫌で、加代を引き止めたいと思っているくせに。

「それは……」

住む場所がないのだから、この提案に一も二もなく飛びついてくると思っていた。なのに、加代は「でも、迷惑じゃけえ」などと、もごもご言っている。

断られそうな状況になって、逆に私の方があたふたした。

「ら、来月の十五日まで一か月もないし、それぐらいなら迷惑じゃないわよ。まあ、無理にとは言わないけど」

これまでも色々な局面で、このプライドの高さが仇《あだ》となってきた。相手にも自尊心があるからだ。それがわかっているのに、下手に出ることができない。

だが、加代は私の提案を高飛車《たかびしゃ》だと思っていないのか、プライドがないのか、ペコリと頭を下げた。

「真理子さんがええんなら、お願いします」

「え？　ほんとに？」

この素性のわからない老婆と今晩も一緒に過ごせるのが嬉しくて、じわっと目が潤《うる》むのを感じた。

――どうかしてる。

もしかしたら、私は自分で思っていた以上に、独りきりの生活に嫌気がさしていたのかも知れない。

第二章　あるはれたひに

1

家に戻ってすぐ、今夜から加代に寝てもらう布団を軒下に干してふたりで叩いた。女学生のようにきゃあきゃあ言いながら。加代は布団叩きを振り回し、ずっと「うっしゃっしゃ」と笑っていた。

一緒に風呂を掃除している時、スポンジで浴槽をこすっていた加代が「あー。お腹すいたぁ」と切なそうな声を出した。

「え？　もう？」

私はまだ空腹を感じていなかった。朝食の時間がいつもより遅く、品数も多く、メニューにボリュームがあったせいだろう。

「真理子さん。スーパーに買い物に行こうやぁ」

加代が盛大な水量のシャワーで洗剤の泡《あわ》を流しながら誘う。

「え？　また？　朝の残りと味噌汁もあるけど」

「私、下着も買いたいし」

「そ、そっか……。そうだね。歯ブラシも要るよね」

「あと、替えの服も何着か要るじゃろ」

そんなに浪費《ろうひ》したら来月も家賃が払えなくなるのではないか、と思ったりした。が、うちには彼女のサイズに合う服がもうない。

「わかった。今朝行った四ツ池スーパーの上に、日用品の売り場があるの。夏物のセール品とか、安い下着もあると思うわ」

「うん！」

朝も行った近所のスーパーなのに、加代は弾むような返事だ。嬉々《きき》として、乾いたばかりのワンピースに袖を通している。

けれど、私は佳津乃の家の前を通るのが憂鬱だった。倍の時間がかかる回り道をしたいと思うほどに。

それなのに、加代が「四ツ池スーパーに大きいサイズの服はあるんかねえ」とか「朝買うたサーモンがまだあるけえ、赤い玉ねぎとベビーリーフとイタリアンドレッシングを買うて、カルパッチョにしようかね」などと、ひとり楽しげに喋っているのを聞いているうち、いつの間にか佳津乃の家の前は通り過ぎていた。

やっぱり加代が居てくれて良かった……。


夕方、スーパーに来るのは久しぶりだ。

働いていた頃、仕事で疲れ果てて、夕食を作る気力もなく、すぐに食べられる惣菜を買いに立ち寄ることがあった。夫は出来合いの料理を出しても、文句ひとつ言わなかった。が、私にとってはそれが負い目だった。

副園長になってからは更に忙しくなり、お遊戯会《ゆうぎかい》などのイベント前後は、自宅に仕事を持ち帰ることも増えた。夫と会話をする時間すら惜《お》しいような状況だった。

あの頃の自分を思い出すと反省しかない。夫をないがしろにしていた、と言われても仕方ないという自覚もあった。

——けど、夫婦の溝が決定的になった原因はあの人にあった。私のせいじゃない……。

今、思い出しても胸の奥を焼かれるような屈辱感が蘇る。

「真理子さん、どうしたん？　怖い顔して」

記憶を辿っていた私を、加代の声が現在に引き戻した。加代との会話で脳が活性化されたのか、今日は色々なことを思い出す。

「え？　怖い顔？　私が？　そう？」

思わず、両手で自分の頬のあたりを撫で、口角を持ち上げる。

「ねえ、二階に行ってみてもええ？」

加代は私の顔がこわばっていることを指摘しておいて、既に心ここにあらずだ。

「あ、うん。エスカレーターはそこ、エレベーターはこっちよ」

ちょうどエレベーターの扉が開いたので、一緒に乗り込み、二階に上がった。

加代は顔から飛び出すようにしてエレベーターを降り、即座に買い物カゴを手に取った。相当な買い物好きだ。彼女の様子を呆《あき》れながら見ていた。

私が加代の歯ブラシを一本選ぶ間に、加代の買い物カゴは衣類で一杯になっていた。それも、想定していた赤札のセール品ではなく、一円の値引きもない新着商品ばかりだ。

「お金、大丈夫？」

思わず、聞いた。

「カード、使えるじゃろ？」

「え？　加代さん、クレジットカード、持ってるの？」

「うん。じゃから、買い物はできるんじゃ」

クレジットカードで現金を借りて家賃を払う、という発想はないようだ。

「けど、カードを使った分は来月、口座から引き落としされるんでしょ？」

「そうじゃけど、来月は来月で何とかなるじゃろ」

さも可笑《おか》しそうに、うっしゃっしゃ、と笑っている加代の思考回路が理解できない。

「お金はもうちょっと計画的に使った方がいいよ？」

言うまいと思っていた説教をしてしまった。すると、加代は今までに見せなかった頑なさで、言い返してきた。

「人間、いつ死ぬかわからんじゃ？　明日、死ぬかも知れんじゃろ？　明日死んだら、今日の我慢は意味ないじゃ？」

方言で畳みかけるように言われ、軽く圧倒された。

「それは……そうだけど」

今こんなに元気なんだから、死なない可能性の方が高いじゃないの、とは言い返せなかった。

強く主張した後、加代が急に寂しそうな横顔を見せたからだ。

「佳津乃さんみたいなこと、日本中で毎日、普通に起きちょることじゃと思うんよね」

面識はなくても、加代なりに佳津乃の急死に思うところがあったのだろう。最初に買い物した時から、後先考えない性格だと思っていたが、また更に刹那《せつな》主義に拍車《はくしゃ》がかかったように見える。

「まあ、私が口出しするようなことじゃないから、好きにしたらいいよ」

私が突き放し気味に譲歩すると、加代は憂いの表情を引っ込め、それまでと同じ、屈託のない笑みを浮かべた。

「真理子さんに迷惑はかけんから、心配せんでえぇけぇね」

そう言った時の真剣な眼差しを見ると、それが嘘だとは思えない。だが、もし加代がサラ金業者に追われている身だったりしたら、自《おの》ずと災難は私にも降りかかるだろう。

玄関に『カネ返せ！』と殴り書きされた紙をベタベタ貼られているシーンを想像してゾッとする。


階下の食品売り場でも、加代の勢いは止まらなかった。親の仇《かたき》みたいに次々と食材をカゴに放り込んでいる。

「ここに並びましょ」

今日は胸を張って南出のレジに並んだ。支払いは別々だが、私は何度も振り向いて、後ろに並んでいる加代に話しかけ、笑いあった。

——私たち、友達なのよ。

きっと、『いつも同じ時間にひとりで買い物に来て、千円前後の買い物をする老人』だと認識しているであろう南出にアピールしたかった。

案の定、南出は私と加代を見比べるように視線を走らせる。

しかし、すぐに、「レジ袋はご入り用ですか？」と、初対面のような質問をする。

「加代ちゃん。エコバッグ、持ってる？」

ついさっきまで『加代さん』と呼んでいたのに、知らず知らず、もっと親しく聞こえるような呼び方をしていた。

「持ってないけえ、買おうやぁ」

「うん。わかった。じゃあ、レジ袋、ください」

このスーパーで初めて有料のレジ袋を購入した。バッグにはエコバッグが入っているにもかかわらず。

とにかく、いつもと違うことをして見せたかった。今日は友達と一緒だから、と。

加代は食へのこだわりが強いらしく、産地や鮮度を吟味していた。おのずと一品ずつの単価は高くなる。

レジでの会計が五千円を超えていても、

「明日死んでも後悔せんように、食べたいものを食べんとね」

などと言って、平然としている。

私には、加代の悲惨《ひさん》な末路を想像しないようにすることしかできなかった。

スーパーを出る頃にはすっかり日が暮れて、沿道の外灯がついていた。

帰り道、通りかかった佳津乃の家の門扉には、まだ黄色と黒の規制テープが張られている。

——彼女の遺体は誰かに引き取られたのだろうか……。

想像して、また心の深みに引きずりこまれそうになる。その時、不意に加代が口を開いた。

「お腹、空いたねぇ。はよ帰ってご飯、作ろうや」

「加代ちゃんはご飯のことばっかりね」

「うふふ。なんか、嬉しいんよ」

他人から見れば私も立派な老婆だろうが、客観的に見て老婆の『うふふ』は不気味だ。

「な、何が嬉しいの？」

こっちは軽い怖れを感じているのに、加代はにやにやしている。

「加代ちゃん、なんて呼ばれたの、何十年ぶりじゃろう、と思うて」

「旦那《だんな》さんからは、そう呼ばれてなかったの？」

その質問に加代は、急に笑みを引っ込めた。

「うちの人は……。うちのこと、加代さん、ってしか呼ばんかったけぇ」

急に寂しそうな表情になって、伏せた視線をうろうろさせている。

「真理子さんは？　ご主人になんて呼ばれよったん？」

「私は『真理子』って呼ばれてた。普通に呼び捨てよ」

わけもなく気恥ずかしさを覚える私に、加代はポツリと「うらやましい」と呟いた。

「そう？　さん付けで呼ばれる方が大切に思われてる感じがするけど」

「けど、距離があるじゃろ？」

「まあ、そういわれてみればそうだけど。奥さんを『さん付け』で呼ぶのは、相手を自分と対等な立場として尊重してるからじゃないかな」

そうかねぇ、と言ったきり加代は黙って歩く。言いたいことが伝わらなかったような気がして、私は言葉を重ねた。

「私の夫は大工だったの。高校を出てすぐ、徒弟《とてい》制度の世界で仕事してたせいかしら、良く言えば古風なところがあったの。悪く言えば男尊女卑《だんそんじょひ》なところがあったような気がする」

離婚してからは兄とぐらいしか夫の話をしたことがなかった。加代が私と夫の過去のしがらみを知らない人間だから、夫のことも話しやすい。

「今の家は建売なんだけど、いつか自分の手で家を建てるから、って言って、狭くても土地付きの戸建てにこだわったの。私の意見なんて聞きもしなかったわ」

「ふうん。自分で自分の家を建てるのが、夢じゃったんじゃね」

「もう永久《えいきゅう》に叶わない夢よ。いくらなんでも離婚した女が住んでる土地に家を建てられる厚顔無恥《こうがんむち》な男はいないでしょ」

　小さな怒りが湧いて、物言いがきつくなった。

「真理子さん……。まだ、ご主人のことが好きなん？」

　私の口調がよっぽど強かったのか、加代が恐る恐る聞き返す。

「まさか。そんなわけないでしょ。喧嘩《けんか》して出て行って、離婚届を送り付けてきて、それっきりの人よ？」

　感情的な言い方になってしまった。

　その余韻《よいん》を打ち消したくて、できるだけ柔《やわ》らかい口調を心掛けながら尋ねた。

「加代ちゃんのご主人は？　どんな人？」

　だが、質問を発した直後、彼女が昨夜、『心配してくれる人は、もうおらんけぇ』と言っていたのを思い出した。

　しまった、と思ったが、もう遅かった。

「うちの人は死んだんよ」

　加代は低い声で呟くようにそう言った。その目には涙が光っている。

「ごめん。聞かない方が良かったわね」

　そう慰《なぐさ》めの言葉をかけたが、内心は違った。

不謹慎《ふきんしん》かも知れないが、正直、うらやましかったのだ。死んだあとも、連れ合いのことが好きで、それ故《ゆえ》に寂しさを持て余しているように見える加代が。

帰宅してすぐ、ふたりで台所に立った。

「真理子さん、サラダをドレッシングで和《あ》えられるようなボウルはある？」

「はいはい」

加代の指示で野菜を洗ったりスライスしたり、調味料を準備したりした。いつもの薄暗い台所なのに、料理番組のアシスタントにでもなったような気分だ。

「こねえして、ベビーリーフにスライスした赤玉ねぎとスモークサーモンを混ぜてね、あとは市販のイタリアンドレッシングで和えるだけで美味しいカルパッチョの出来上がりなんちゃ」

「ちゃ、って可愛いね。方言って、いいな」

訛りがあるだけで、悪人には思えないから不思議だ。

「そうかねえ？　うちは方言、恥ずかしいんじゃけどね。あ、あとはフランスパンを焼いて、バターを塗《ぬ》って、カルパッチョを載せて食べたら最高なんちゃ」

「結構、高カロリーだね」

「けど、マーガリンはいけんよ。マーガリンは独特な風味があって美味しいけど、体には悪いけえ」

明日死ぬかも知れないから好きなものを食べる、と言いながらも、健康が優先らしい。

「カルパッチョとフランスパンに味噌汁は合わないわね。つい、いつもの習慣でお豆腐と浅葱《あさつき》を買っちゃった」

「コンソメはあるん？」

「コンソメ？　あんまり使わないけど、残ってた気がする。えっと……」

記憶を辿り、冷蔵庫を開けた。

「わ。ほら、あった、あった」

コンソメは常温で保存できるが、冷蔵庫の奥の奥に仕舞い込んでいた。

「同じ具材でも、コンソメスープにしたらええんよ。豆腐は味噌汁に入れる時より小さく小さく切って、スープで長めに煮るんよ。本当は卵豆腐の方が合うんじゃけどね。浅葱はコンソメスープに散らしても美味しいけえ。ベーコンかウィンナーを刻《きざ》んで入れたらもっと風味がええんじゃけどね」

「へええ」

加代の料理は独創的《どくそうてき》で、レシピを聞いているだけで美味しそうだ。

ベビーリーフの緑色にオレンジ色のサーモン、スライスオニオンの紫色。実際、出来上がったカルパッチョは彩《いろど》りも美しい。

意外にも加代が料理上手で、作ろうと思っていた肉じゃがを披露《ひろう》するのが恥ずかしくなった。味には自信がある。が、見た目が茶色く、野暮《やぼ》ったいのだ。

「明日の朝は私が作るわね」

そう言って、とりあえず今夜はやり過ごすことにした。

ふたりの食卓は、とにかく楽しかった。

いつもはテレビを相手にリビングで食べるのだが、数十年ぶりに台所のダイニングテーブルで誰かと向かい合った。

「四ツ池スーパーのレジの女の子、可愛かったねぇ。素朴な感じで」

いつの間に買ったのか、レジ袋からリンゴのイラストが入った缶チューハイを二本出してきて、プルトップをカシリと引き上げ、一本を私の前に置く。

「ああ。あの子、南出っていうのよ。確かに愛想はいいんだけど、毎回、レジ袋は要りますか？　とか、お支払いは現金ですか？　とか聞くの。私は一度もレジ袋を買ったことないし、カードで払ったこともないのに」

「けど、真理子さん、今日、レジ袋、買ったじゃ？」

「それは……成り行きで」

そんな他愛無い話をしているだけなのに、ピクニックでもしているように気持ちが弾んでいる。

「真理子さんって趣味とか、あるん？」

「それがねぇ……」

退職して十年ほど経った頃、何かあった時、近所に頼る人もいないことが不安になった。

「近所でやってるフラワーアレンジメント教室とか書道教室とか、行ってみたんだけど、長続きしなくて」

友だちができるわけでもなく、上達する喜びも感じられなかった。

「うちもね、特技とか趣味とか、ないんよ」

「そうなの？」

自分と同じように頼る人のない独り暮らしで、趣味も特技もない。ちょっと嬉しくなった。

「でも、ひとつだけ、好きなことがあってね」

「え？　あるの？」

軽く裏切られたような気持ちになる。

「うちね、畑で野菜やら作るんが好きなんよ。地味な趣味じゃけど」

加代はちょっと恥ずかしそうに言った。

「この浅葱もね、要る時に要る分だけ家の畑でとってくるんよ。そりゃあ、匂いが違うんちゃ」

　軽く目を閉じ、その香りを思い出すような顔だ。

「うちの母が言いよったんじゃけどね。人の手には、米作りに向いてる手と野菜作りに向いてる手とがあるんて。うちの手は絶対、野菜向きじゃと思うんよね」

　加代の話を、そんなものなのか、と聞いていると、不意に彼女が尋ねた。

「この近くにホームセンターとか、あるん？」

「ホームセンターかぁ……。自転車なら行けるけど、歩くにはちょっと遠いかな」

「そうなんじゃあ。せっかく庭があるんじゃけえ、苗《なえ》とか種とか買って植えたら、何か月か後には新鮮な野菜が食べれるんじゃけどね」

　加代は寂しそうだ。

「じゃあ、明日、バスで行く？」

「ほんまに？　ふたりでお出かけじゃね？」

　加代の頬がパッと輝いた。

　その後も沢山お喋りをした。

　普段は飲まないアルコールが入ったせいか、知らず知らず加代のプライベートにも踏み込み、自分の私生活についても話していた。

「そういえば、加代ちゃんっていくつ？」

「うちは七十三になったところ」

「え？　加代ちゃん、まだ後期高齢者じゃないの？」

自分より年上だと思って疑わなかったので、軽く衝撃を受けた。

――私より三つも年下だったとは……。

「真理子さんも同じ年ぐらいじゃろ？」

「え？　あ、うん。三つ上」

加代は二本目のチューハイを開けながらけろっとしている。

「六十を越えたら、みんな同じじゃやけえ」

ずいぶん大雑把《おおざっぱ》で乱暴なグループ分けだ。

「けど、まあ、定年退職したら、同じなのかな……」

退職する前と後で生活が激変したような気がする。

現役時代は子供がいなかったせいかお金に余裕があったけれど、考えて使う時間がなかった。今思えば無駄遣いばかりしていた。

が、働かなくなると、持て余すほどの時間はあるのに、定期収入がない。無駄に浪費できるようなお金はなくなった。

そういう意味では六十歳が境《さかい》だったような気もする。

「そう言えば、加代さん、頼る人がいないって言ってたけど、兄妹《きょうだい》はいないの？」

「おらん。うちは一人娘じゃけえ」

コンソメスープにフランスパンを浸しながら答える。質問には答えるものの、聞かれた以上のことは言わない。加代への質問からは会話が膨らまなかった。

「そうなんだ。まあ、兄妹なんて、まったく頼りにはならないけどね」

酒の勢いを借りて、私は兄との関係を暴露《ばくろ》した。誰かに気持ちの通い合わない兄への愚痴《ぐち》を言いたかったのかも知れない。

「とにかくプライドが高いのよ。『俺が大学に行かなかったのは、お前が短大に行きたがったから、家の経済状況を考慮して諦めたんだ』とか。私が保育士として働いてた頃は『お前は園長かも知れないが、しょせんは雇われだ。たとえ小さな建材屋でも、俺は一国一城の主《あるじ》だぞ』とか言って」

「ふうん。お兄さん、お山の大将《たいしょう》気質なんじゃね」

「まさに、それ！　しかも、私みたいな出戻りは実家の墓には入れない、なんて言うのよ、どう思う？　自分が建てた墓でもないのに。あれは私たちの祖父《そふ》が建てた墓なのよ」

「そ、そうなんじゃ……」

つい言い過ぎてしまい、加代は私が兄の悪口を言うのを聞いて、なぜか居たたまれない様子になった。

――しまった。プライベートな話をし過ぎたかしら。

これが逆の立場で、加代が自分の家族のことを明け透けに非難したら、私も同じような顔をして聞くしかなかったかも知れない。

「ごめん、ごめん。こんな話、どうでもいいよね。洗い物してる間にお風呂にお湯を入れるから、先に入ってね」

「うちは後でええよ。真理子さん、先にお風呂入って」

「だめよ。加代ちゃんはお客さんなんだから」

「いや、うちはただの居候《いそうろう》じゃし」

「それはそうじゃけど」

うっかり加代の訛りがうつってしまった。

加代がぷっと噴き出し、うっしゃっしゃ、と笑い出した。私もげらげら笑ってしまった。笑うと余計に酔いが回り、体がぽかぽか、気持ちがふわふわして本当に気持ち良かった。

その夜初めて加代は「クーラーつけてもええ？」と聞いた。ずっと、我慢していたようだ。

「う、うん。どうぞ、つけて」

「ごめんね。うち、暑がりなんちゃ」

「別に謝らなくても……」

「最近は電気代も高いから節約のためにクーラーつけん人も多いし、クーラーの冷風が嫌いな年寄りもおるじゃろ？」

私はそのどちらにも当てはまり、言葉を失った。

扇風機の方が電気を食わないし、クーラーの風に当たると体の芯まで冷えてしまいそうな気がするのだった。

「そうね、中にはそういう人もいるわね」

私は頑固な老人と一緒にされたくなくて、同意した。

「熱中症で死んだら、元も子もないのにね」

加代はさも面白そうに、うっしゃっしゃ、と笑った。

いつもは億劫な洗い物も楽しかった。私が食器用洗剤をつけたスポンジで皿をこすり、加代が水で洗い流す。真夏なのに、お湯をザーザー使っている。

——これじゃあ、どんなに年金もらっても足りないわね。

呆れはしたものの、その大らかさが嫌いじゃなかった。

洗い物を終え、お風呂が沸くまでの間、コーヒーを淹れ、加代が買ったマドレーヌをつまんだ。コーヒーは私が買い置きしているインスタントから、加代が買う個別包装のドリップコーヒーになった。

いつもなら、事務的に卵を茹でている時間だ。

「加代ちゃん。若い頃、好きな歌手とかいた？」

「おったよ！　うちは、だんぜん沢田研二《さわだけんじ》！　大ファンじゃったんよ」

「私も！　ほんと、カッコ良かったよね、ジュリー。ドラマも面白かったし」

同じ世代ということもあって、会話も弾んだ。

加代のために布団を敷きながら、幸せだなあ、としみじみ思った。明日も一緒に居られるという喜びしかない。

もう、加代が強盗だろうが不審者だろうが関係なかった。

2

翌朝、朝食を作ろうと早起きしたら、加代がもう起きていて、台所に立っていた。

辺りにバターの芳醇《ほうじゅん》な香りが立ち込めている。

揚げ物の時にしか使わない長方形のバットに、とき卵と牛乳、少量の砂糖をまぜたものを流し入れ、そこに昨日買ったフランスパンの残りをスライスして浸している。

「加代ちゃん。何、作ってるの？」

「フレンチトースト」

「しゃ、洒落《しゃれ》てるね」

「これをバターでカリッと焼き目をつけて、蓋《ふた》をしてふわっと中まで火を通すんよ」

説明しながら、加代はうっとり目を閉じる。例の、美味しいものを想像する時の表情だ。

「へええ。フレンチトーストなんて、こじゃれた喫茶店《きっさてん》だかカフェだかで食べるものだと思ってたわ」

「家で作った方が美味しいんよ。食パンで作る時には爪楊枝《つまようじ》でいっぱい刺《さ》して卵液《らんえき》を染み込ませんといけんのじゃけど、フランスパンなら勝手に吸ってくれるんよ。時短になるし、食パンより美味しいんちゃ」

朝からバターたっぷりのメニューは、ちょっと胃もたれしそうな気がした。

ところが、あっさり甘いメープルシロップのかかったフレンチトーストは、ペロリと胃に収まった。

「加代ちゃんはどうしてこんなにお料理が上手なの？」

「うちはあんまり外で働いたことがないんよ。ずっと家の手伝いしちょって、結婚した後は専業主婦じゃったし。じゃから、料理やら家事ぐらいは出来んとね」

妻として夫に尽くしたのだな、と想像した。

――それなのに、この年になって、ドラスティックに閉め出されるようなアパートに独り暮らしだなんて……。

自分はまだマシな人生を送っているような気がして、加代に同情した。

「じゃあ、出発しよっか」

その日は昨夜約束したホームセンターに行くために、最寄りの停留所からバスに乗った。

通勤時間を避けたので車内は空いていて、ふたり並んで座ることができた。

四ツ池スーパーとは逆の方向へとバスが走る。

――この町はこんなに綺麗だったかしら。

見慣れている通りのはずなのに、今日はいつもより清潔で明るく見えた。

けれど、このバス通りの途中には、見ると胸の奥がチクリと痛む場所がある。

「私ね、あの保育園で働いてたの」

街路樹の向こうに赤い屋根が見えてきて、やがてジャングルジムのある広い園庭が視界に入る。

「ふうん。立派な施設じゃね」

当時、町の人口は右肩上がりで、園児の数は年々増えた。

「多い時は二百人以上の園児が居たのよ」

ブルーのスモックを着た子供たちの笑顔が、今でも鮮明に蘇る。

「真理子さんは、そこの園長さんじゃったん？　すごいじゃ？」

「ちっとも、すごくないわよ。園長になったのは定年前だもの。私はそんなに器用じゃないから、職位が上がるにつれて、だんだん家のことが疎《おろそ》かになってしまって……。夫とは色々うまくいかなくなったの」

私が何となくしんみりとした口調になったせいか、加代も表情を沈ませて黙り込む。が、すぐに顔を上げて、

「見て。ものすごい大きい入道雲じゃ」

と、話題を換えるように窓の外を指さす。

見ると、南の空の端に、もくもくと湧き上がる真っ白な雲の塊が聳えていた。

バスに乗って四つ目の停留所で降りた。

やはり今日も日差しがきつい。老化のせいかすっかり汗は出にくくなったが、それでも綿のハンカチでは間に合わない。

「加代ちゃんのタオルハンカチも持ってきたの」

分厚いパイル地のハンカチを渡すと、加代は早速、額の汗を拭った。

バス停から歩いてすぐの所にホームセンターの広大な敷地がある。そこに、三つの大きな建屋があった。

「わあ、大きいホームセンターじゃねえ」

建物全体を見渡すようにして、加代は目を輝かせた。

「じゃけど、ホームセンターはどこも同じようなもんじゃろ。真理子さん、きっと、野菜の苗はこっちじゃわ」

加代があたかもこのホームセンターを知っているかのように、歩き出す。

「あ、ああ。そうみたいね」

加代に声をかけられるまで、私は夫がよく足を運んでいた工具や建材売り場のある建屋に目を奪われていた。

「何の苗があるんかねえ」

農業用品を置いている建物の外に、黒いビニール製のポットに植えられた苗が野菜の種類、そして品種ごとに並んでいる。

「この時期に植えられるんはオクラとか小松菜《こまつな》じゃね。オクラは最近、紫色の品種なんかもあるんよ。玉ねぎでも芋《いも》でも、紫の方が体にええ栄養分があるんて」

加代が説明しながら、ポットを持ち上げ、勢いのありそうなオクラの苗を物色する。

「九条《くじょう》ネギはまだちょっと早いかねえ」

ぶつぶつ言っている加代の声を背中で聞きながら、私は建物の入口にある半額コーナーを見ていた。

「加代ちゃん、見て！　私、ミニトマトの苗、植えてみたいわ」

私はミニトマトが大好きなのだが、高くて手が出ない時が多い。

「ミニトマトは無理じゃわ」

「え？　どうして？」

「オクラとか小松菜は今植えて、秋頃には収穫できるんよ。一か月半ぐらいで育つけえ。けど、ミニトマトを植えるんは、六月頃じゃけえ。今頃はもう実がなっちょる時期じゃ。ビニールハウスとかなら育つかも知れんけど。じゃから半額なんよ」

「え？　そうなの？」

ひどくがっかりした。が、諦めきれなかった。

「いや。ダメ元で、植えてみる。五十円だし」

「無理じゃと思うけど」

そう言われれば言われるほど植えたくなった。

結局、加代がオクラの苗を二本、小松菜と九条ネギの種を買った。私は赤くて丸い品種と、黄色く細長い品種のミニトマトの苗を購入した。


帰宅してすぐ、加代が庭の南側の一角を耕し、土を盛って家庭菜園にした。

わずか二畝《うね》ほどのミニ菜園だが、収穫の日を思い描くと嬉しくなる。

加代がオクラの苗を植え、小松菜の種を蒔《ま》いた。

私は畑の空いた所にひっそりとミニトマトの苗を植える。半ば意地になって買ったミニトマトの実がならなければ、恥ずかしいからだ。

作業を終えた後、ふたり同時に立ち上がり「ふうー……」と唸りながら腰を伸ばしていた。

加代は外の水道からバケツに水を汲み、手ですくいながら優しく畑に水を撒き始める。

「ちょっと早いけど、やっぱり九条ネギの種も蒔くけえ。真理子さん、うちがおらんようになったら、忘れんと水をやってね」

「………」

加代が二十日後には出て行くことを、忘れていたわけではない。『来月の年金支給日まで』と昨日、私から提案したのだから。

ただ、それを加代の口から出た言葉で再認識させられ、言葉を失った。

——この畑に野菜がなる頃にはもう加代はいないのだ。

その日は、昼食に、とホームセンターの近くでお弁当を買った。加代はチキン南蛮《なんばん》弁当、私は海苔《のり》弁当を選んで家に持ち帰り、縁側で、昔見た映画の話をしながら食べた。

「山口百恵《やまぐちももえ》が綺麗じゃった」とか「正月の寅《とら》さんは外せなかった」とか言い合いながら。

お弁当を食べ終わった加代が、

「こんなに幸せでええんじゃろうか」

と、私の淹れたほうじ茶を飲み、ぽつりと呟く。

「私も今、同じことを考えてた」

ふたり笑いあってから、「加代ちゃん。ずっとここに居てもいいのよ」と言ってみた。

提案というより、私の希望だ。

が、加代は寂しそうに俯《うつむ》いて首を振った。

「ずっとここにおるわけにはいかんのんよ」

「どうして……」

「どうしても」

それはきっぱりとしたトーンだった。

「そっか……」

絶望的な気持ちになった。けれど、お願いだから、ずっと一緒にいてほしい、と頼むのは自尊心が許さなかった。私の性格上、更に拒絶されたら、わだかまりができて、一緒に過ごすことができる残りの数週間を、ギクシャクしながら過ごす羽目になる。

「加代ちゃんにも事情があるもんね。わかった。その代わり、来月の十五日まで、思いっきり楽しいことしよ」

「うん！」

加代は緩み切った顔をして、うっしゃっしゃ、と笑った。

私は心の中で、贅沢しすぎない程度にね、と付け加えた。

加代が出て行ったあとは、もとの生活水準に戻さなければならない。

気持ちを引き締めながらも、また、朝一番にスーパーへ行って惣菜を二つ買い、毎晩卵を一個茹でる生活に戻るのかと思うとゾッとしていた。


それから数日後には、小松菜が芽を出した。土を盛ったばかりの畑に、緑色の小さな双葉が点々と並んでいるのを見つけて思わず、「加代ちゃーん！　小松菜の芽が出てるー！」と叫んでいた。それが小松菜だとわかったのは、加代が種の入っていた袋を土に挿《さ》していたからだ。

加代が四ツ池スーパーで買ったらしいあずき色のサンダルを履いて、のっそりと畑まで来た。

「そりゃあ、出るじゃろ。植えるべき時期に植えたんじゃから。じゃけど、ミニトマトの方は無理じゃと思うよ。蒔く時期が遅すぎたけえ」

飄々《ひょうひょう》と家庭菜園の常識を語る。その顔がちょっと憎らしかった。

けれど、芽吹いたばかりの新葉は、その一枚一枚が小指の先ほどの大きさしかなく、頼りなくて可愛くて、見ているだけで口元が緩んでしまう。

「真理子さん。畑に水、やっちょってね」

「うん。わかったー」

私に畑の世話を言いつけた加代は、「うちは、ちょっと出てくるけえ」と言い残し、そそくさと家を出ていく。車庫から私の自転車を出し、ひらりとまたがって。

「加代ちゃんって、意外と俊敏《しゅんびん》な動きを見せることあるのよね」

侮《あなど》れない老婆の後ろ姿を見送った。


それから数日間、加代はひとりで出かけるようになった。けれど、それは短時間のことで、一時間もしない内に帰って来る。そして、決まって、手には近所の洋菓子店のケーキや和菓子屋の練《ね》り切《き》りを携えていた。

「甘いもの、買いに行くんなら、私も一緒に行くのに」

短時間の別行動さえも寂しいと思って訴えたのだが、加代は「自転車、一台しかないけえ」と笑っている。

自転車が二台あれば、行動範囲はぐっと広がる。ふたりでサイクリングを楽しむ姿を想像し、うっとりするものの、来月には出て行ってしまう彼女のために自転車を買うという経済観念が、私にはない。


それは、加代が同居し始めて一週間が過ぎた月曜日の朝のことだった。

「真理子さん。ちょっと付き合うてほしいところがあるんじゃけど」

「うん。いいよ。どこ?」

「内緒。それは行ってからのお楽しみじゃ」

加代はやけに嬉しそうだった。

どこへ行くのかわからなかった。ただ、加代が四ツ池スーパーで買った可愛いチュニックを着ていたので、私もよそいきのワンピースを着た。

ふたりでバス通りを歩き、やがて保育園の建物が見えてきた。大きな赤い屋根にクリーム色の壁。柵の向こうに見える園庭には保育園の夏の風物詩、大型のビニールプールが設置され、水着姿の園児たちがはしゃいでいる。

「あの子が希ちゃんなんよ」

「え?　加代ちゃん、何言ってるの?」

私が自宅で預かっていた女の子はとうに成人しているはずだ。未だに保育園にいるはずがない。

加代が指さした先には、浅いプールで男の子と水を掛け合っている女児がいる。

「もっと向こうっちゃ」

もどかしそうに言う加代の人差し指の先を追う。

「あ……」

白い長袖のTシャツの下に紺《こん》色のジャージ。その上に、この園のロゴが入ったピンクのエプロンを着けた女性が、水遊びをする子供たちを見守っている。

「嘘……。希ちゃん……」

すっかり大人になってはいるが、遠目にも、大きな黒い瞳やぽってりとした唇《くちびる》に当時の面影《おもかげ》が残っているのがわかる。

卒園後も私を慕ってくれていた、目に入れても痛くなかった女の子だ。

こんな所で再会するとは思っていなかった。

驚いて声も出ない。

私に気づいた様子で、希が笑顔で手を振っている。ふと、気づけば、隣に立っている加代も彼女に向かって手を振っていた。

「か、加代ちゃん……。一体どうして……」

「ほんなら、うちは家に帰っちょるけえ、ふたりで話してきいね」

「待って……」

わけがわからず、加代を引き止めようとした時には、他の保育士に声をかけ、抜けてきた希が目の前に立っていた。ひとり当たりが分担する園児の数が決まっているため、希の代わりに別の保育士が見守りに入る。安全管理のルールは今も徹底されているようだ。

「園長先生……お久しぶりです」

そう言ったまま言葉を途切れさせた希の目に涙が浮かんでいる。

「あ……。えっと……」

戸惑い、咄嗟に目を伏せた。とても彼女の顔を直視できない。

希が身に着けている長袖シャツの袖口から見える真っ白な肌は、紫色のケロイドのようになっていて、その痕跡が私を苛《さいな》んだ。

希が頭を下げる気配がした。

「ごめんなさい。自分の不注意で火傷してしまったのに……。園長先生はそのせいで子供に関わるお仕事、辞めてしまわれたんですよね？」

希の声が震えているのを聞いて、慌てて顔を上げた。

「だ、誰がそんなことを……」

そんな話をした相手は加代しかいない。きっと、加代が私の後悔を希に伝えてしまったのだ。

「ち、違うわ。私が悪いのよ。現役の頃と違って、注意力散漫だったの。そんな自分が子供を預かったりしちゃ、いけないと思ったの。単に自信がなくなったのよ。希ちゃんのせいじゃないわ」

「でも……」

希が大粒の涙をポロポロ零した。間にある柵に頭を押し付けるようにして泣いている。

私は柵の間から手を伸ばして、その艶《つや》やかな髪を恐る恐る撫でた。

「希ちゃん。保育士になったのね」

それは私にとって意外な事実だった。火傷を負わせた私に関する記憶の残る場所には近づきたくもないだろうに、と。

「ここには楽しかった思い出しかないし、私、園長先生みたいな保育士になりたくて」

「希ちゃん……」

あとは涙が溢《あふ》れるばかりで、言葉は出て来なかった。ただ黙って、希の白い額を覆う前髪が嗚咽《おえつ》で揺れるのを見ていた。

ふたりでひとしきり泣いた後、希が涙を拭ってから口を開いた。

「さっきのお婆さん、園長先生のお友達ですか？」

「え？　あ、加代ちゃんのこと？　そ、そうね、お友達よ」

私に加代との関係を確認した後、希は経緯を語った。

「園庭で遊ぶ子供を見てた同僚の保育士が、柵越しにあのお婆さんから声をかけられたんです。『ここに通ってた希ちゃんっていう女の子の住所を教えてください』って」

「え？　加代ちゃんが？」

いつもぼんやりしている加代が、うっかり話したトラウマの登場人物の名前まで憶《おぼ》えていたことに感心した。

「見ず知らずの人に、卒園児の住所なんて教えられないんですけど、その人、毎日のように来て、園庭にいる保育士に片っ端から声かけてて……。普通のお婆さんみたいだし、同僚から『あの人、希ちゃんのこと探してるみたい。話だけでも聞いてみたら』って言われて」

それでも、希は自分が加代の探している希本人だということは伏せて、なぜ卒園児を探しているのか、事情を聴いたのだという。

「あの人から、『園長先生が当時のことを未だに悔やんでる』って聞いて。私も、火傷してしまった自分を責めてばかりで会いに行けなかったから『私が希です！　園長先生に会いたいです！』って言ったら、『連れて来てあげる！』って言ってくれて」

私はやっと、ここ数日、加代が出かけていた理由を知った。

「そうだったのね……。とにかく、私、希ちゃんが保育士になってくれたことが嬉しいわ」

立派に成長した姿に、また目頭が熱くなる。

そこへ、休憩中《きゅうけいちゅう》だったらしい年配の保育士が数人、事務所から出て来た。

「佐伯さん！　元気だったの？」

しかし、集まってきた保育士の中で、顔を知っているのは二人だけだった。当時同僚だった保育士たちのほとんどは、他の園に異動したり、退職したりしているという。

「佐伯さん。また、来てね」

と、かつての同僚は言ってくれた。が、これは社交辞令だとわかっている。真に受けて、たびたび古巣を訪れるようなことをするつもりはない。

「けど、今日はここに来て良かった、希ちゃんが保育士になったことがわかって。それだけで、嬉しい」

「園長先生……。また、おうちに遊びに行ってもいいですか？」

そう尋ねる屈託のない笑顔が嬉しくて、涙が溢れそうになる。返事をすることもできなくて「じゃあね」と早口に言って、自宅の方へと引き返した。

歩道のコンクリートが夏の陽を照り返し、眩しくて涙が出る。

――加代ちゃんのバカ。お節介。こんなことしなくて良かったのに。

本当は嬉しいのに、私を泣かせる居候を罵《ののし》りながら、自宅へ戻った。

「加代ちゃん！」

長年のわだかまりを解《と》いてくれたことに感謝したらいいのか、勝手な行動を怒ったらいいのか、決められないまま玄関先から大きな声で加代を呼んだ。

が、奥から返事はない。

「加代ちゃんってば！」

スニーカーを脱いで上がり框の上に立った時にはもう怒りは消え去り、加代の返事がないことに焦っていた。

「加代ちゃん？　加代ちゃん？　どこ？」

彼女は和室の真ん中に大の字になっていた。

「え？　加代ちゃん。寝てるの？　こんな所で昼寝しないでよ」

肩を揺すってみたが、加代は目を開けない。

まさか、今ごろ、煉瓦で頭を打った後遺症が出た？

「加代ちゃん！　大丈夫？　どうしたの？　加代ちゃん？」

いくら呼んでも目を開けない加代に異常なものを感じ、あたふたした。

「どうしよう。こんな時は救急車かな」

慌てて着ている服のポケットを探ったが、スマホがどこにあるかわからない。玄関にある固定電話へ向かいかけた時、加代が弱々しい声を出した。

「ああ。真理子さん？」

やっと目を開けた加代は起き上がったものの、まだ目の焦点が合わない様子で、ぼんやりしている。

「どうしたの？」

「どうって？　帰ってきたら急に眠くなって、寝ちょっただけじゃ？」

「そうなの？　寝てたの？　ほんとに大丈夫？」

例の鼾もかいていなかったし、寝ているというより、意識を失っているように見えた。

「私、どこでも寝られるのが特技なんちゃ」

「いや、そういう問題じゃなくて」

「さ。買い物に行こうやあ」

ついさっきまでのどんよりしていた目が、生き生きと輝きを放ち始める。多分、自分が口にした『買い物』というワードによって。

「今日は大丈夫。私が肉じゃがと味噌汁を作るから、加代ちゃんはもう少し寝てて」

「え？　買い物、行かんの？」

明らかにがっかりしている。

「毎日、買い物に行かせたら、加代ちゃんが破産しちゃうから」

「ほんなら、うちは、もうひと寝入りしようかね」

加代はまたゴロンと畳の上に転がった。起き上がらないダルマのように。

私は押し入れから出したタオルケットと一緒に声をかけた。

「加代ちゃん。ありがとね。希ちゃんを探してくれて」

本当に眠いらしく、加代は横になって目をつぶったまま口を開く。

「仲直り、できたん？」

「仲直りって……。喧嘩したわけじゃないわ。ただ、お互いに自分を責めて、申し訳なくて会えなかっただけ」
「ほんなら、えかったね」
わだかまりが解けるという確信があったかのように、加代の口元はほんのりと笑ってい
た。

夕方、少しだけ気温が下がった。

庭に出てみると、加代が畑の前に立ち、鼻歌交じりに水を撒いている。

「加代ちゃん。ほんとに、どっか悪いんじゃないよね？」

その様子を見ていると、病を得ているようには見えないのだが、思わず、目を見て真剣
に聞いていた。

「そんなわけないじゃゃ？　病気なら、こねえに肥《こ》えちょらんっちゃ」

確かに、死を目前にしている人の体形にも食欲にも見えない。

「それはそうかも知れないけど……」

「真理子さん、味噌汁、作ったんなら、このネギ、入れようやぁ」

加代がコロリと話題を換える。

「え？　まだこんな短いのに？」

スーパーで売っているネギの十分の一にも満たない大きさだ。

「ええんよ。これからどんどん伸びてきて、間引かんにゃあいけんようなるんじゃけえ」

それにしても可哀そうなぐらい小さなネギを二本だけ間引いて、まな板の上で刻んだ。

確かにスーパーで売られているものよりも、匂いが強いような気がした。

「わあ、ええ匂いじゃね」

水撒きを終えた加代が台所に入ってきて、コンロの辺りの匂いを嗅ぐ。

「うち、真理子さんの肉じゃが、大好きなんよ」

そういえば、加代が我が家に住むようになって、ちょうど一週間が過ぎた。その間に、もう二回も肉じゃがを作ってしまった。

——いくら自慢料理とはいえ、ちょっと頻度《ひんど》が高すぎたかも。

けれど、加代は大きな口を開けて、美味しそうに食べてくれる。

誰かのために料理する喜びなんて、ずっと忘れていた。

「真理子さん。肉じゃがまだ残っちょるんじゃろ?」

「うん。でも、もう飽きたでしょ?」

「うんにゃ。美味しいけえ、ぜんぜん飽きんのんじゃけど、明日、残った分をコロッケにしてみん?」

「え?　コロッケ?　肉じゃがの残りで?」

きょとんとする私の反応を予想していたように、加代が自慢げに説明する。

「鍋の中で肉じゃがのジャガイモと人参を潰して、そこに炒めたミンチを追加で混ぜて丸めて、あとはコロッケの作り方と一緒。美味しいんよ？」

「へぇえ。聞いてるだけで美味しそう。加代ちゃんの作る料理は本当に独創性があるね」

「料理番組でも、紹介しちょったよ。カレーの残りでカレーコロッケ作ったり、シチューの残りでグラタン作ったり」

趣向を変え、残り物を飽きることなく、最後まで美味しく食べようとする執念は、加代だけのものではなかったようだ。

「いや、でも凄《すご》いわ、加代ちゃんは」

「えへへ。そうかねえ」

胃腸が強くないこともあって、私は脂っこいものを避けてきた。が、加代が一緒なら、胃もたれしないから不思議だ。


一緒に買い物に行き、一緒に食事をし、一緒に掃除や洗濯をして、一緒に眠る。この幸せな時間には期限がある。

加代がここを出て行く日、つまり、九月の年金支給日まで、あと二週間……。

一緒に畑の世話をしながら、切ない気持ちで加代の横顔を盗み見る。

「真理子さん」

畑に水を撒きながら、加代が神妙な顔で口を開いた。

「何？」

もう少しここに置いて欲しいという話なら、願ったり叶ったりだ。

が、加代は意外な話を切り出した。

「ふたりで旅行せん？」

「は？　旅行？」

どこにそんなお金があるのだろうか。訝《いぶか》しく思った。まさか、来月も家賃を払わないつもりだろうか。それでも私は構わない。けれど、払うべきものを踏み倒して平気な人間とは、そう長く一緒には暮らせない気もした。

「どこへ？」

「山口。うちの生まれ育った島に行ってみん？」

「確か、周防大島ってとこだって言ってたよね。別にいいけど、そこに加代さんの家があるわけじゃないんでしょ？」

それなら、アパートを閉め出された後、行くべきは埼玉の片田舎ではなく、その島だろう。

「家はもう無いんじゃけど、真理子さんに見せたい所があるんよ」

「じゃあ、日帰りってこと？」

「日帰りはせわしないかねえ。新幹線で行って、岩国《いわくに》のホテルにでも泊まろうかあ」

「ホ、ホテル？」

新幹線代に宿泊費。一体いくらかかるんだろう。――けど……。

「加代ちゃんと旅行したら、きっと楽しいだろうな」

ついつい本心が口からこぼれる。

あと少しで出て行ってしまう加代との思い出も欲しかった。

「よし、決まり！　ほんなら、新幹線のチケット予約するけえ」

「え？　予約って、これから駅まで行くの？」

加代はぼやっとした顔になった。

「スマホで予約するに決まっちょるじゃ？　サイトで席まで選べるんよ？」

一応、私もスマホを持っている。だから、色々なことがスマホで決済できることは知っている。

だが、『アプリ』という名称を聞いただけで蕁麻疹《じんましん》が出そうになるし、その機能を入れたところでやり方がわからないし、『マニュアル』という単語が死ぬほど嫌いだ。

私が最も苦手なことを、私よりトロいと思っていた加代がさっさとやって見せる。

「すごいねえ、加代ちゃん。意外だわ」

料理以外にも特技があったとは。

「ほんなら、いつにする？　今、予約できるけえ。明日？　明後日にする？」

「え？　そんな急に？」

最後の旅行はいつだっただろう。定年前に保育園の同僚三人と一緒に行った岐阜《ぎふ》の高山《たかやま》が最後だったから、十数年ぶりだ。

「心の準備が必要だから、明日は無理かも……」

「じゃあ、明後日で席を取るね」

「は？　明後日って、二日後？」

「うん。善は急げ、じゃけえね。えっと……、ここからなら品川《しながわ》駅の方が便利そうじゃね」

加代はここから目的地までの乗り継ぎまで調べている。

——侮れない。


その晩は肉じゃがをマッシャーで潰し、炒めた合い挽き肉に黒コショウを振って合わせる。

「これをコロッケと同じように丸めて、小麦粉つけて、卵つけて、最後にパン粉をまぶしてカラッと揚げるんちゃ」

加代は説明しながら目を閉じ、また完成品を口に入れるところを想像しているようだ。

「私が丸めて小麦粉つけるまでをやるけえ、真理子さんは卵とパン粉をお願いね」

加代が急にテキパキと指示し始める。一刻も早く口に入れたいようだ。

「わかった。任せて」

ひとりで生活するようになってからは、コロッケやエビフライのような手間がかかる物は作らなくなった。後始末が面倒だし、買った方が結局安い。

今やっているのも同じ面倒くさい作業なのに、ふたり並んでいるだけで苦にならない。加代が同居し始めて、いつもよりお金を使うようになり、生活リズムを乱されている。けれど、これまでになかった充実感というものを味わっている。

加代がどう思っているのかはわからないけど……。

――いや。私と同じ気持ちなら、ここを出て行くと言い張るはずがない。

加代は私に合わせてくれているだけで、何もかも私の独りよがりなんだろうか……。

理由を探るのは苦手だ。プライドが傷つきそうで。

そんな私の繊細《せんさい》な心情も知らない加代は「さあ、出来た、出来た」と、揚げたてコロッケを見てご満悦《まんえつ》だ。

加代は十個ほどの肉じゃがコロッケを、全部大皿に積み上げた。そして、刻んだキャベツに、塩昆布《しおこんぶ》とイタリアンドレッシングを混ぜて振りかけただけの手抜きサラダをガラスの鉢に盛り付ける。

そのふたつをテーブルの真ん中にドン、と置き、あとは味噌汁とご飯をふたつずつよそう。

加代は待ちきれない様子で、いただきます、と手を合わせ、すぐさま箸をとった。

「うわ。本当に美味しい。これが肉じゃがだったとは思えないわ」

安くて美味しいと評判の店でコロッケを買って食べたこともある。が、味が単調で油っこくて、美味しいと思ったことがない。

「肉じゃがの甘辛い味がついてるから、ソースも何もつけなくていいのね」

「そうなんよ！」

加代は大きめのコロッケを二口で食べ、今日はみかんの缶チューハイに口をつける。

そして、「あー……、幸せじゃわー」と多幸感に満ちた顔をしてしみじみ呟く。それなのに、なぜ出て行くというのか、理解に苦しむ。

「真理子さん。旅行の話じゃけどね」

加代がアルコールのせいか頬を赤くして切りだす。

「ホテルはどこがええかねえ」

「どこでもいいよ。私、土地勘ないし」

そう答えると、加代はすぐにスマホを手に操作を始める。ホテルの予約サイトを検索しているようだ。

「加代ちゃんって、スマホの使い方、よく知ってるよね。誰か、教えてくれる人がいるの？」

以前から不思議に思っていたことを尋ねると、一瞬、加代の目が泳いだような気がした。しかし、すぐに気を取り直したみたいに軽く手を振る。

「こんなん、独学っちゃ。苦手じゃと思うからできんのんよ。うちが真理子さんに教えちゃげるけえ」

「いや、いいわ」

「え？　なんで？」

加代が出て行った後、私の行動範囲は元通り狭くなる。電車の経路を調べたり、ホテルを予約するようなことはないだろう。

「私のスマホは機能が少ない一番シンプルな機種だし」

「じゃけど、インターネットはできると思うよ？」

「いや、いい」

「そうなん……」

知らず知らず頑なに拒否していた。加代は少し寂しそうな顔になったが、取《と》り繕《つくろ》う気にもなれない。

今でこそアパートを閉め出された身寄りのない老人なのかも知れないが、それまでの加代は贅沢な生活をし、スマホの使い方を教えてくれるような友達もいたのだろう。そう思うと、わけもなく惨《みじ》めだった。

「そういやあ、真理子さんは本当に広島にも行ったことがないん？」

「うん。私、大阪《おおさか》より西へは行ったことないの。どうして？」

なぜ、広島に限定して聞くのか不思議で聞き返した。

「いや、広島って、修学旅行の定番コースじゃろ？　厳島《いつくしま》神社とか。関東の人はたいてい、中学やら高校で行くって、聞いたことがあるけえ」

「ああ、そうかもね。原爆資料館もあるから、平和教育の一環《いっかん》ってやつね。だけど、うちの中学は京都と大阪コースで、高校の時は北海道《ほっかいどう》だったな」

「そうなんじゃ。ほんなら、ホテルは広島にして、うちが案内しようね」

加代の後ろについて旅行している場面が目に浮かび、ワクワクして、さっきまでの敗北感が少し薄まる。

「先に大島へ行くけえ、多分、広島に着いたら夕方になるじゃろうね。何か食べたいもん、ある？」

「私、お好み焼きが食べたいな。広島焼きって言うんだっけ？　野菜と中華《ちゅうか》ソバが入ったヤツ」

「ええよ！　うち、美味しい店、知っちょるけえ」

加代の自慢げな顔を見ると、ふふっ、と笑うのを止められない。

「楽しみだなぁ。何、着て行こう。明日、持ち物の準備しなきゃ」

さっきまで劣等感で濁《にご》っていた気持ちは晴れ、すっかり旅行気分になっていた。

「真理子さん。早起きして一緒にお弁当、作ろうやぁ」

「せっかくだし、駅弁はどう？」

「品川を七時五十五分出発じゃけど、店は開いちょるんじゃろうか」

「じゃあ、車内販売は？」

「真理子さん。今はもう、車内販売って、ないんよ。少なくとも東海道新幹線には」

「え？　ほんとに？」

知らなかった……。

がっかりする私に、スマホを見ていた加代が、「あ！　品川駅に朝の六時から営業しちょる売店があるみたい！」と大きな声を上げる。

「やった！」

額を突き合わせ、売店のホームページを見て、どの弁当にするか話し合った。

「この海鮮《かいせん》弁当、美味しそうじゃない？」

「うちは牛肉しぐれ弁当が好きじゃわ」

話題は弁当の話から持ち物の話になったり、観光の話になったり、名物の話になったり、と迷走した。が、それが楽しい。

実は目的もない旅行にそれなりのお金を浪費することには、迷いがあった。けれど、今回だけ、死ぬ前に一度だけ、と自分に言い聞かせ、純粋に加代との旅を楽しみたくなっている。

もうすぐ出て行く加代との思い出が欲しかった。


翌日、加代は私が倉庫から引っ張り出してきた大型スーツケースを見て笑った。三泊四日で伊豆《いず》に新婚旅行に行った際、持参した特大サイズだ。

「真理子さん、何泊するつもりなん？　大抵のものはホテルにあるし、何か忘れてもコンビニで買えばええじゃ？」

「それはそうだけど……」

加代は旅慣れているようだが、相変わらず、金銭感覚はザルだ。必要に迫られて購入する場合、割高なものでも手を出さざるを得なくなる。だから、家にある物は、なるべく持っていきたい。だが、加代にはそんな考えはないようだ。

「加代ちゃん、以前はお金持ちだったりする？」

加代には没落貴族《ぼつらくきぞく》のような心の余裕と、その一方で、どこか刹那的な悲壮感《ひそうかん》のようなものが感じられる。

「まあ、実家は会社と農家をやってたから、貧乏《びんぼう》ではなかったかも知れんねえ」

加代は幼い頃を懐かしむように目を細める。

「そうだと思った」

加代のお嬢様《じょうさま》時代の話をもっと聞きたかったのに、その話題はすぐに打ち切られた。

「そんな昔の話は置いちょいて。とにかく、必要最低限の物だけ持っていくようにせんと、かさばる荷物をずっと持ち歩かんといけんよ？」

「それもそうね。わかった。できるだけコンパクトにしてみるわ」

こうして、加代のアドバイスを受けながら、前夜まで下着や服をカバンから出したり入れたり、入れたり出したりした。

3

心の準備をする暇もないまま、老女ふたりで旅に出る日が訪れた。

旅といっても、たかだか一泊二日なのだが、定年後は外泊したこともなかった。ましてや、同僚でも友人でもない、成り行きで同居している相手との旅行だ。

心の中では大きな期待と一抹《いちまつ》の不安とが混ざり合う。一番の心配は、加代がそのまま故郷に残る、と言い出すのではないか、ということだった。

翌朝は四時頃から目が覚め、昨夜準備しておいたブラウスとパンツを身に着けた。

「あら？　なんだか、変だわ」

ブラウスは去年買ったものだが、パンツは十五年以上前に買ったものだった。体重は当時とさほど変わっていないのに、鏡を見ると、購入当時より随分お腹が出て見え、シルエットがおかしい。

――嘘……。一万円以上したのに。

以前、断捨離しようとして思いとどまったアイテムだった。買った時、高価だったものはなかなか手放せないものだ。

仕方なく、下はいつもはいている綿のパンツに着替え、荷物は大き目のリュックと斜め掛けにできるバッグにした。そして、この日のために四ツ池スーパーで購入した赤札の帽子。

加代は「旅は楽な服装《ふくそう》が一番じゃけえ」と言い、この家に来た時と同じ、ムームーのようなワンピースにいつものバッグひとつ。それに、麦わら帽子。

意外にもオレンジ色のワンピースにつばの広い麦わら帽はよく似合っていた。

「真理子さん。やっとスーツケース、諦めたんじゃね」

玄関で私を見た加代は冷やかすような顔をして、うっしゃっしゃ、と笑った。

六時には家を出た。

バスと電車を乗り継ぎ、七時半には品川駅に着いた。お目当ての駅弁を買ってもなお、七時五十五分発の新幹線のぞみがホームに入るまでには十分に時間があった。

「真理子さん、トイレに行っちょこうや」

切羽詰まっているわけではないが、行ける時に用を足しておこうというのは、私も加代も同じだ。

トイレには私たちと同じような年ごろの老人が列をなしており、結局、ホームに上がったのは予約した新幹線が到着する直前だった。

新幹線の中は独特な匂いがする。決していい匂いとはいいがたいのだが、どこか懐かしく、特別な空気だ。

「そういえば、加代ちゃん。新幹線代、いくらだった？　現金で払っていい？」

指定席に座ってすぐ財布を出して聞いた。だが、加代は「ええの、ええの」と、うやむやに笑い、受け取ろうとしない。

「そういうわけにはいかないわ。加代ちゃん、家賃も払えないのに。来月の年金で、二か月分を払うまで部屋に入れないんでしょ？」

「ああ……。まあ、そうじゃね」

あたかも忘れていたかのような反応だ。こんな重大なことを。やはり、加代の経済観念だけは理解できない。

「加代ちゃん。今、カードで支払えても、その引き落としは必ず来るのよ？」

「そんなこと、子供でも知っちょるいね」

忠告しても、加代はどこ吹く風だ。

「お金の精算は、帰ってからでええよ」

その言葉が私の中の不安を払拭《ふっしょく》してくれた。加代はまた埼玉に帰ってくるつもりがあるのだ、と思って。

加代はホームの自販機で買ったアイスクリームをふたつ出して、ひとつを「どうぞ」と、私の前のテーブルに置いた。このアイスクリームも、車内販売されていたが、今はホームでしか買えない、と嘆《なげ》いていたっけ。絶対にアイスを買える時間の余裕を持って品川に到着しなければならないと。

「加代ちゃんの、食への執念はすごいね」

「まあね。山口県の徳山《とくやま》っちゅう駅まで四時間ほどかかるからね。着くのは十二時ちょうどぐらいじゃけえ。今からアイスを食べて、昼にはちょっと早いけど岡山ぐらいでお弁当食べ始めたらちょうどええぐらいなんよ」

そう言いながら、早速、自分のアイスの蓋を取る。彼女の頭の中では完璧なスケジュールがたてられているようだ。

「だけど、このアイス、ちょっと高くない？」

私も薄いビニール袋からプラスチックのスプーンを出した。

「あら？　まだ、カチカチじゃないの」

まったくスプーンが刺さらない。

「これが、ええんちゃ。こうやって手で温めて、周りから溶かしてちょっとずつ食べるんよ」

加代は凍っているアイスと容器の間にスプーンを入れ、わずかに溶け始めているクリームをすくう。

「これが、美味しいんよ」

子供のように笑う加代を見ていると、自分の価値観が崩れそうになる。たとえ住む場所を失っても、後先考えずに浪費している加代の方が幸せそうだ。けれど、私には到底そういう考え方は出来ない。やはり、今回の一回だけ。

「あとでちゃんと精算してね、アイス代も」

「はいはい」

加代はアイスを溶かすことに夢中で、やっぱりいい加減な返事しかしない。

固いアイスと加代のルーズさに軽くイラつきながら、スプーンについたアイスをなめた。

「うーん……！　ほんとに美味しいのね！　四百円近くするだけのことはあるわね」

侮れない、と唸りながら、あっという前に平らげ、家で作ってきた麦茶を飲んだら急激に眠くなってきた。久しぶりに、新幹線の車窓から見える景色を楽しまなければもったいない。そう思っているのに、どうしても睡魔に勝てない。夕べ、期待と不安とで眠れなかったせいだ。

「ごめん、加代ちゃん。少し寝てもいい？」

「うん。ええよ。岡山に着いたら起こすけえ」

小一時間ほどしたら起きるつもりだった。

それなのに、「真理子さん。もう岡山よ」と、肩を叩かれるまで熟睡してしまった。

「え？　もう降りるの？　荷物、下ろさなきゃ」

「違うっちゃ。お昼ごはんの時間っちゃ」

加代がレジ袋からごそごそと品川駅で買った弁当を取り出す。

「あと一時間で徳山じゃけえ」

「あ、ああ……。そっか。富士山《ふじさん》や浜名湖《はまなこ》も見損ねちゃった」

「帰りに見りゃあええじゃ？　さ、食べようや」

今日は朝食をとった時間が早かったせいか、まだ十一時だというのに、食欲がある。包み紙をはがし、蓋を開けて割り箸を割った。

私が海鮮弁当とどちらにするか迷った末に選んだのは松花堂《しょうかどう》弁当だ。

「あー。なんだか、幸せだわ」

しみじみそう思った。

「幸せ？　何が？」

加代が不思議そうな顔をする。

「こうやって、遠くへ行く新幹線の中で、加代ちゃんとお弁当食べてることが」

「そんな、大げさじゃあ」

「ううん。私にとってはすごい冒険《ぼうけん》なの。ずっと狭い町内で、ほとんど家の中で同じルーティーンをこなしながら生きてるだけだったから。定年退職してから十五年以上、何か変化が欲しいのに、日常が壊れて生活が立ち行かなくなることを恐れてた」

こんな風に、正直な胸の内を誰かに漏らすのも初めてだ。

「保育士はみんなそうだけど、私も保育園ではずっと、『先生』って呼ばれてたの。それに現役時代の後半はずっと管理職だった」

主任、副園長、園長。同僚にも園児にも保護者にも、毅然《きぜん》とした態度をとらなければならなかった。

「けど、退職後、私は先生どころか、急に何者でもなくなったの。肩書もなくなって、職業もない。なのに、プライドだけが残り続けた」

バリバリ働いていた管理職が退職して名刺を失った途端、誰からも相手にされなくなるという話をよく聞く。その時、初めて、自分が何者でもない、ということに気づくのだ、と。

私はそうなる前に、自分から保育士時代の関係者との付き合いを絶った。それが潔いことだと思っていた。

「真理子さん……」

加代が辛そうな顔になる。

「なんで、加代ちゃんがそんな顔するのよ。新しい友達が作れなかったのは私の性格のせいだし、遠くへ行こうとしなかったのも私の気が小さいせい。全部、自業自得なのよ」

そう説明しても、加代の表情は晴れない。

加代は沈痛な面持ちのまま黙々と弁当を食べ終えた。それでも、米粒ひとつ残さなかったのは加代らしい。

会話が途切れ、空気が重いまま、車両は広島駅に滑り込んだ。

――広島か……。今、あの人が……、聡一さんが住んでる所なのね。

今さら顔も見たくない。

それでも、ホームに吊《つ》り下げられた看板の『広島』という文字を見ると、わけもなく感慨深い。

聡一の実家の住所は手帳に控えたままだ。ここで途中下車して実家を訪ねたら、彼はどんな顔をするんだろう？　いや、もう実家には居ないのかも知れない。

――二十数年もの歳月を共にした彼が今、どこに住んでいるのかも、私は知らないのだ。

そんな小さな感傷を置き去りにして、ホームに出発のベルが鳴り響き、車両は広島駅を出て更に西へと向かった。

それから三十分ほどで徳山駅に着いた。

「アイスを食べて、寝て、お弁当食べてるうちに、もう目的地なのね。起きた後はトンネルが多かったし、なんだか損した気分だわ」

「まだまだ。ここから在来線とバスを乗り継ぐけえね」

そういえば、そんな風に説明を受けた気がする。

「新幹線が駅に着いたら、十分で山陽本線《さんようほんせん》に乗り継ぎじゃけえね。さあ、行こう」

車両がホームに到着する前に乗降口まで移動した加代は、慣れた様子で階段を下りて改札を抜け、通路を歩き、エスカレーターを降りる。

「あ。もう電車が停まっちょるよ！」

加代が指さした在来線のホームに黄土色の車両が停車している。

「良かった。荷物、少なくしといて」

久しぶりの階段の昇り降り、そして速足。息が上がった。あの巨大なスーツケースを抱えていたら、心臓麻痺《しんぞうまひ》を起こしていたに違いない。

急いだ甲斐《かい》があって、発車の三分前に乗り込むことができた。

車両の窓は全開になっていて、新幹線の中より暑い。

「空いちょるね」

平日のお昼時のせいか、駆け込んだ車両は乗客もまばらだ。

「あ。ここに座ろうやあ」

二人並んで座ることができ、走り出した電車の窓からは海も見える。風も入ってきて気持ちいい。線路わきに生えた背の高い草の向こうに、薄いブルーの海が見えた。

「瀬戸内海《せとないかい》……だっけ？」

「うん。あんまりにも穏《おだ》やかな海じゃから、この海を見た外国人は大きな川じゃと思うんて」

「へええ」

感心しながら、飽きずに窓の外を眺めていた。

四十分あまりで電車は大畠《おおばたけ》という名前の駅に到着した。

「さあ、次はバスじゃけど、本数が少ないけえ、タクシーがおったら、タクシーに乗ろうやあ」

バス停は駅前にあるが、バスに乗るには二十分以上待たなくてはならないという。

「私はどっちでもいいけど」

タクシー代が勿体ないような気がした。

「時間の方が惜しいけえ」

「そう？」

この年になると時間より、無駄に使うお金の方が惜しいと考えるものだと思い込んでいた。

「あ、タクシーがおる！」

加代が珍しい生き物でも見つけた子供のように声を上げた。

「はよう、はよう」

加代がタクシーのトランクを開けさせ、私の荷物を待っている。

「運転手さん。西安下庄《にしあげのしょう》まで行ってちょうだい」

加代の指示でタクシーは発車し、間もなく緑色の大きな橋を渡った。

乗車する前は汗だくだったが、車内はクーラーがよく効いている。

「大島大橋ちゅう名前の橋なんよ。私が小さい頃はこの橋もなくて渡船《わたしぶね》に乗って渡りよったんじゃけどね」

島に渡ってから、タクシーは海岸線をゆっくり走った。

瀬戸内の凪《な》いだ海は真っ青だ。角度によって海面が太陽の光を反射し、キラキラ光って見える。そして、右手には緑豊かな山。

「すごく長閑《のどか》で綺麗な所ね」

島と聞いて過疎《かそ》の寒村《かんそん》を想像していたが、島内の道路はアスファルトで舗装《ほそう》され、あちこちにレストランや施設が点在している。

「思ったより繁栄してるのね」

途中から、タクシーは海辺を離れ、坂道を登り始めた。山道の両側には畑や田んぼが続き、高台まで登るとバンガローや展望台がある。

「あ。ここはみかん畑ね？」

結婚するまで住んでいた千葉の実家に、一本だけみかんの木があった。だから、実がなっていなくても、葉っぱや枝ぶりで、みかんだとわかる。

「大島はねえ、昔はみかんぐらいしか名物のない島じゃったんよ。じゃけど、最近は日本のハワイとかいうて、それらしい店やら施設やらができて、観光客も増えたんよ」

「へええ。過疎になる島も多いのにね」

目を細めてみかん畑を眺めていた加代はしばらくして、「あ。この辺で停めて」と、運転手に頼んだ。

手入れがされていないのが一目瞭然の、荒れたみかん畑の前だった。

ここまで登ってくる途中に見た『みかん狩り』などの看板がある手入れされた農園と比

べると、明らかに放置されたままの畑だとわかる。

「運転手さん、三十分ぐらいで戻るけえ。ここで待っちょってくれる？」

その間、メーターは上がり続けるだろう。料金が心配になった。かといって、ここまで山道を登ってくると、帰りのタクシーを捕まえることは難しそうだ。

「さすがにここでタクシーの配車アプリは使えんけえ」

加代が苦笑して、みかん畑へと分け入る。

大きな石や倒れて朽ちた木が重なり、足許が悪い中、加代は奥へ奥へと進む。

——暑い……。

体が溶けそうになりながら、必死で加代の背中を追う。

「ここなんよ」

ようやく加代の足が止まった。まだ、荒廃した畑の中だ。

「え？　ここが私に見せたかった所なの？」

六時間以上かけて、荒れ果てたみかん畑を見に来たとは思いたくない。

これなら、タクシーで走ってきた海岸線の景色の方が何倍もマシだ。

「まだ。もうちょっとだけ先」

そう言いながら、ほとんど野生化したみかん畑を少し奥へと進む。

すぐに視界が開け、海を見下ろす高台に、オリーブの木が一本、生えていた。

「このみかん畑はうちの父親が私に遺《のこ》してくれたんよ」

「そうなんだ……」

呟いたものの、何を見せたいのか全くわからない。

「うち、死んだら、この木の下に埋めてもらおうと思うちょるん」

死んだら、という縁起でもない言葉にギョッとした。けれど、お互いにもう七十代だ。近々何があってもおかしくはない。

「うちの人もここに眠っちょるんじゃ」

「え？」

思わず、後ずさるようにして木から離れた。自分が亡骸《なきがら》の上に立っているかも知れない、と思ったからだ。

「真理子さんも一緒にここに入らん？」

思いもよらない提案に、すぐには言葉が出なかった。

兄が、私を実家の墓に入れない、と言ったという話をしてから、加代はずっと考えていたのだろうか。嬉しいような切ないような、ちょっと怖いような、複雑な気持ちだった。

「こんなきれいな島で、加代ちゃんとずっと海を見てられたら幸せだろうね」

即答を避けて、そう言うに留めた。

複数の遺骨が合祀《ごうし》される樹木葬のような雰囲気もあるが、加代夫婦の墓に入るのはちょっと抵抗がある。何しろ、彼女の夫のことを何も知らない。

加代がオリーブの木の向こうに五つほどある切り株のひとつに腰を下ろした。

きっと、オリーブの木からの視界を開くために切ったのだろう。

「加代ちゃんの御主人はいい人だったんだろうね。死んだ後もずっと一緒に居たいと思えるぐらい。私は兄貴や兄嫁と同じ墓に入りたくないもの」

すると加代は自分のことなのに、「どうかねぇ」と首を傾《かし》げる。

「優しい人じゃった。頼めば、何でも聞いてくれた。慈悲深い人。じゃけど、あの人がうちのこと、ちょっとでも好きじゃったかどうかは、わからんの」

加代は寂しげに笑い、それっきり黙って海を眺めている。それは、今まで見たことがないほど、悲しげな横顔だった。

「喉が渇いたわね」

私は何と答えればいいかわからず、加代の隣の切り株に座り、バッグから水筒を出した。保冷も保温もできる、外蓋と内蓋がそれぞれコップになる骨董品《こっとうひん》だ。

白い内蓋の方に冷たいお茶を入れて加代に差し出した。

「あの人ねえ」

加代はお茶を一口飲んでから続けた。

「亡くなる時、ほとんど意識のない状態じゃったんじゃけど、あの人、他の女の名前を呼んだんよ」

――え？

自分のお茶を外蓋にそそぐ手が止まってしまった。

加代が悔しそうに唇を噛んでいる。

彼女はきっと夫に尽くしてきたのだろう。私なんかと違って……。

日差しは強いが風が心地いい。眼下には岩に当たって白く砕ける波が見え、ぴーよろ、と鳶《とんび》の鳴き声が聞こえる。

知らず知らず、「私はね……」と、これまで誰にも話したことのない『過去』が口を突いて出た。

「私は三十代になってから、自分の子供を持ちたいと思うようになったの。当時はオギノ式っていって基礎体温をつけたりしてたんだけど……」

なかなか妊娠せず、焦りが募った。延長保育を利用する、立派な職業もあり、子供もいる母親が羨《うらや》ましくて仕方なかった。

一年、二年と歳月だけが過ぎ、自分は一生、子供を持てないのかも知れないと思ったら、あれほど可愛いと思っていた園児たちの顔も平常心では見られなくなった。

「夫に妊娠しやすい日を伝えても、その夜に限って飲んで帰ってきたり、疲れてるって言って寝ちゃったりで」

その後も、夫の協力が得られず、妊娠には至らなかった。

「四十歳になった時、やっと子供を諦める決心がついたの」

自分の子供を諦めると、憑《つ》き物《もの》が落ちたように気持ちが楽になり、保育士として預かっている園児たちが再び我が子のように愛おしくなった。

役職者になってからは責任も重くなり、私は仕事にばかり没頭し、夫を顧みる余裕がなくなった。それなのに、定年後の夫とのまったりした生活を夢見たりしていた。

そんなある夜、園児のお泊り保育に同行する準備をしていると、夫が新聞を読みながら、

『今回も真理子が行かなくちゃいけないのか?』

と、尋ねてきた。

それはどこか不満げな口調だった。そういえば、土曜日は一緒に映画に行こう、と言っていたような気がする。

『小さい子供がいる保育士は、夜出られない人が多いから』

『だからって、毎回、お前が割を食うことはないだろう?』

夫の言っていることには一理ある、と思った。泊りがけのイベントや帰りが遅くなる行事がある時、他の保育士たちは私を当てにする傾向がある。

けれど、その時は夫から、家庭より仕事を優先している、と非難されたような気がして、つい感情的になった。きっと、自分の中に夫をないがしろにしているかも知れない、とい

う後ろめたさがあったせいだろう。

言ってはいけない、心の中ではわかっているのに、言い返してしまった。

『私にも子供がいれば、当てにされることはなかったと思うけど』

『それとこれは話が違う』

普段は無口な夫がむきになって反論する。これ以上言ってはいけないとわかっているのに、止まらなくなった。

『私だって、他人の子供のお泊り保育より、家で自分の子供と一緒に過ごしたかったわよ！』

『お前、まだそんなこと、考えてたのか……』

その失望するような言い方に、妊活当時の記憶が蘇る。遠まわしに、夜の営みをする日だと伝えた時の顔だ。

『私がどんな気持ちで基礎体温をつけて、どんな気持ちで「今日は排卵日《はいらんび》だから」って言ってたと思うの？　そんなことを言うのは恥ずかしかったし、疲れてるって断られたらもっと恥ずかしかった。それでも言ったのは、子供が欲しかったからよ！　豪華な結婚式より、高価な婚約指輪より、一戸建てより、子供が欲しかったのよ！』

夫は愕然とした顔になって、そのまま家を出て行った。

「夫に子供が欲しかった、って、怒鳴ったら、家出して、離婚届だけが郵送されてきたの。

そりゃ、呆れるわよね。その時、私は四十六だったの。夫は四十八歳。そんな年になって、子供が欲しかった、なんて言われてもね」

「真理子さん……」

今度は加代が心配そうに私の顔を覗き込む。

「でもね。出て行く夫を引き止めて、やり直そう、って言えなかったの。自分がずっと子供を作ることに協力してくれなかった夫を恨んでたんだ、って、改めてわかったから」

それなのに、若い女と結婚してすぐに子供を作った夫のことが、今でも許せない。

今度は加代が何と言葉をかければいいのかわからない様子で、無言でコップに口をつける。

「けど、別れて良かった、って思ってる」

「なんで？」

「あの人、私と別れてすぐ、他の女と子供作って結婚したのよ」

そう口から吐き出すと、加代の表情は更に暗くなったが、私の気持ちは軽くなった。

「あー。すっきりした。加代ちゃんに話したら、すごく気が楽になった」

加代は黙って海を見ている。その唇が震えていた。

夫が死の間際に自分を裏切っていたことを知った彼女も、私と同じように、今も夫が許せないのだろう。

そう思うと、加代に対して更に強い連帯感のようなものが芽生えた。

加代と私は、もはや美しくもない涙を拭いながら、穏やかな瀬戸内の海を見ていた。

「私も加代ちゃんと一緒にここに入ろうかな」

だんだんそんな気になってきたのに、加代は気が変わったように前言を翻した。

「真理子さん。樹木葬のことは忘れて、この景色だけ覚えちょって」

「え？　そう？　うん。わかった」

肩透かしを食らったような気分にはなったものの、私も真剣に考えた上での返事ではない。

「よし。今夜は飲むけぇね！」

加代が宣言し、勢いよく立ち上がる。

「いよいよ、お好み焼きね！」

私と加代が、みかん畑を後にしたのは午後三時前だった。

待っていたタクシーに乗り込んで真っ先に見た運賃メーターは、驚くような金額になっていた。

が、加代は「あー。涼しい」と気にする様子もなく、ハンカチで首回りの汗を拭い、運転手に来た道を引き返すよう指示した。

「あ。かかったお金は後で必ず、折半にしてね」

慌てて申し出たが、加代が聞いているのかどうかはわからなかった。彼女は名残惜しそうにタクシーの車窓から青い海を見ていた。

再び、橋を渡って大畠駅に着いた時、「ここは私が」と料金を払おうとバッグから財布を出した。それを遮るように加代が運転席の方に乗り出し、「ペイペイで」と言ってスマホを提示する。

――ペイペイ……。

インターネット検索どころか、電子マネーまで使いこなす老婆に唖然とした。

「加代ちゃん、凄いねえ」

お金を払うことも忘れ、感心してしまった。

大畠駅から再び山陽本線に揺られ、広島駅を目指した。

ふだん、あまり出歩かないせいだろう。日に当たっただけで疲れてしまい、電車に乗るとすぐ、眠りへといざなわれる。

これも年のせいか病気のせいだろう、と諦め、睡魔に任せて気持ちよくウトウトした。

小一時間ほど眠ったと思ったら、まだ三十分ほどしか経っておらず、岩国という駅に停まっていた。

そこから線路は平野を抜け、海岸線を走った。たしか、元夫の実家も在来線で行く海辺の町だと聞いていた。

「加代ちゃん。呉《くれ》って所、知ってる？」

彼の故郷の名を口にするだけで、わけもなく緊張した。

「知っちょるよ。海の方」

加代は素っ気なく答える。私の中の葛藤《かっとう》など、知るよしもなく……。

みかん畑で夫との離婚の経緯を打ち明けてしまった加代に、自分の中の未練を覚《さと》られたくなくて、また目をつぶった。


「さあ、着いたよ！」

加代の弾むような声で目が覚めた。狸《たぬき》寝入りのつもりが、本気で眠ってしまっていた。

急いで網棚《あみだな》から荷物を下ろし、席を立つ。

「ずっと座っちょったから、膝が痛いわいね」

加代が苦笑する。

「私も」

足が固まったようになって、立ち上がりにくい。

お互いのぎこちなさに、顔を見合わせて笑い、いつもよりおぼつかない足取りで、電車を降りた。

「先にホテルに荷物を置いてから出かけようやあ」

加代の提案に、「うん、わかった」と言ったものの、どこへ行くにも、加代の後ろをついて行くだけだ。

駅のロータリーにある時計の針は五時半をさしていた。

「真理子さん、ヒロデン、乗ってみとうない？」

「え？　ヒロデン？」

「路面電車よ」

改札を抜け、少し歩くと、路面電車の乗り場が見えてくる。

出発を待っているのは、緑とベージュのツートンカラーのレトロな雰囲気の車両や、外国のトラムみたいな近代的な車両など、バラエティに富《と》んでいる。

「タクシーもええけど、初めてなら路面電車に乗ってみん？」

「乗りたい！」

疲れてはいるが、目の前の乗り物の魅力には抗《あらが》えなかった。

出発の合図なのか、独特の鐘の音とともに、車両が動き出した。

車窓から外を見ると、路面電車は道路の真ん中を走っていて、他の乗用車やバスは走りにくそうに見える。

そこから十分、これまで乗ってきた在来線のガタンゴトンという振動とはまた違う揺れと音を聞きながら、繁華街の中心地らしき場所に着いた。

降りた停留所の看板には『八丁堀《はっちょうぼり》』と書かれている。電車が走り去る大通りに面して百貨店や商店の入口が並んでいた。店舗の前を通ると、冷んやりした空気が流れだしてくる。

地元の人らしき通行人や観光客が行き交う雑踏を、加代はすいすい歩いていく。

「ホテルはここから近いけえ」

彼女の頭の中にはしっかり目的地がインプットされているらしい。

「加代ちゃん。山口だけじゃなくて、広島にも詳しいのね」

「うちは生まれも育ちも山口じゃけど、高校を出てからは広島で働きよったんよ」

「え？　そうなの？」

台風の夜、彼女の訛りを聞き、広島の人だと思ったのはそのせいだったのか……。

路面電車を降りた所から五分ほど歩いただろうか。

「案内したいお好み焼き屋さんにも駅にも近いけえ、このホテルを予約したんよ」

加代がそう言って振り向いた。

見ると、一流ホテルとまではいかないまでも、それなりのシティホテルだ。ビジネスホテルを想像していた私には、ひどく立派な建物に見えた。

「加代ちゃん。こんないいホテルじゃなくて良かったのに」

「安いホテルのベッドは疲れが取れんじゃろ？」

「それはそうかも知れないけど……」

お嬢様育ちというのは、貧乏になっても生活レベルを落とせないと聞くが、加代はその典型なのだろうか。彼女が子供の頃、親がみかん農家で一旗揚《ひとはた》げたのかも知れない。

「加代ちゃん、もうちょっと将来のこと、考えた方がいいよ？」

「だって、明日、死ぬかも知れんのに？」

まただ、と少しうんざりする。

「明日、死なないかも知れないじゃない。いや、加代ちゃんは今こんなに元気なんだから、死なない可能性の方が高いでしょ？」

ついつい強めに諭《さと》すような口調で言ってしまった。加代を見ていると、これまで節制してきた自分がバカみたいに思えるからだ。最近は、本当に明日死んだら大損をするような気がしてきて怖い。

「真理子さんには絶対迷惑かけんけえ、あと少しの間は、うちの好きにさせてぇね」

今の今まで加代の考えの甘さに苛《いら》ついていたのに、もうじき加代は出ていくのだ、と思うと途端に悲しくなって、言い返す気力が失せる。

「わかった。もうこの話はやめて、部屋に荷物を置いたら、お好み焼き食べに行こう」

「うん」

加代もあっという間に気分を切り替えた様子で、屈託なく笑う。この子供のような顔を見せられると、怒る気力が萎えてしまうのだった。

想像していたのよりずっと広いツインルームに荷物を置いた。きちっとベッドメイキングされた寝台を見ると、ここに移動で疲れた体を沈めたくなる。

——いや、勿体ない。電車に乗っている時間も半分は眠っていた。

ここまでの旅費や加代との限られた時間。もっと楽しまなければ、後悔する。

加代も同じように考えているのか、ベッドから視線を引きはがすようにしてバッグを摑み、

「さ。街《まち》に繰り出すよ！」

と、高らかに宣言して部屋を出た。

ホテルのエントランスから外に出ると、すっかり暗くなっている。知らない街の店明かりや煌びやかなネオンに心が躍《おど》った。海外に行ったこともない、退職後は県外に出ることもなかった私にとっては、異国の街のようだ。心細いのに、気持ちが浮き立つ。


ホテルを出て十分近く歩いただろうか。

香《こう》ばしい匂いが漂ってきた。

我が家よりも年季が入っていそうな店の小さな間口の上に、『よっちゃん』という名前

の入った提灯《ちょうちん》がある。本来ならほんのり赤い光で客を誘うのだろうが、壊れているのか、電気はついていなかった。

　初めての客は入りにくそうなこぢんまりした佇《たたず》まいだが、加代は何の躊躇もなく、入口の引き戸を勢いよく引いた。

　店内に充満しているソースが焦げる匂いに、食欲を刺激される。

「おお。加代ちゃん。久しぶりじゃのう」

　七十代後半だろうか。カウンター式の鉄板の向こうから、額に汗止めらしきヘッドバンドをした短髪の男性が声をかけてきた。五分《ごぶ》刈《が》りの白髪頭に皺深い顔。他の店員と同じ黒いTシャツに黒いエプロンをつけているが、若い店員から「親方」と呼ばれているので店主だろう。

「加代ちゃん。旦那がおらんようなって、寂しゅうなるのう。もう、落ち着いたんか？」

　店主らしき人が神妙な顔でそう言いながら、カウンターの端に席をとった私たちの前に水を置く。加代が夫を亡くしたことを知っているようだ。

「うち、広島ミックスと生中」

　加代はその話題を避けるように注文した。看取った時に他の女の名前を呼んだという夫のことを思い出したくないのかも知れない。

「あ。じゃあ、私も同じものをください」

私も加代を助けるような気持ちで、メニューも見ずにさっさと注文した。

「はいよ」

注文を聞いた男性はカウンターの中央に戻り、冷蔵庫から出したボウルからクリーム色の液体をすくい、おたまの底でクレープのように薄く丸く鉄板に広げる。

その上に大量のキャベツ、もやし、天かすとイカ天スナック、そして豚肉が手際よくミルフィーユ状に乗せられる。

その隣では中華そばがほぐされ、濃厚そうなソースがかけられた。熱せられたお好み焼きソースが鉄板の上でブクブク泡立つ。

「あー、待ちきれない。そういえば、岡山でお弁当を食べてから何も食べてなかったね」

「うちは食べたよ。さきイカとか煎餅《せんべい》とか」

「え？　そうなの？　知らなかった。ずるいわ」

「だって、真理子さん、ずっと寝ちょったじゃ？」

時おり目を覚まして窓の外を眺めたりしていたつもりだったのだが、加代の話では、私はほぼ寝ていたという。加代はその間も車窓から景色を眺め、持ち込んだオヤツを食べていたのだと思うと、損した気分だ。

やがて、鉄板の上で中華そばとミルフィーユが合体させられ、軽く潰された目玉焼きの上に載せられた。

仕上げに見るからに濃厚そうなソースが塗られ、青のりとかつお粉がたっぷりふられて、大きなコテで目の前に運ばれてきた。

「これが本場の広島焼きなのね」

加代はカウンターの脇に置かれているソースとマヨネーズ、鰹節と青のりを、大量に追加トッピングしていた。この店の味を熟知しているのだろう。

「私は食べてみてからにするわ」

コテを使って一口分の大きさに切り分け、熱さを警戒しつつ、ゆっくり口に運ぶ。口内で青のりとかつお粉、そこにソースの味が混ざり合い、「うーん！」と唸ってしまうほど美味しい。

「何、これ！　イカ天スナックがめちゃくちゃいい仕事してるじゃないの！　もやしとキャベツの火の通り具合も最高ね」

そんな私を加代は満足そうな顔で見ていた。

「広島焼きって、最高にビールに合うのね」

ビールの苦みは得意ではない。だが、今まで飲んだどのビールよりも喉越しがよく、美味しいと思う。

喉が渇いていたのと、広島焼きの濃厚さにキレのいいビールがマッチするせいだろう。

豊富な食材に麺まで入ってボリューム満点に見えた広島焼きだったが、半分がキャベツともやしでできていたせいか、胃もたれすることもなくペロリと完食してしまった。ビールも中ジョッキを飲み干し、しっかり空腹は満たされた。

それなのに、区切りをつけるようにコテを置いた加代は、

「真理子さん。穴子《あなご》のせいろ蒸《む》し、食べたことあるん？」

と別の名物の話題を持ち出す。ふんわり柔らかく、美味なのだ、と。

「いや、食べたことないけど」

「ほんなら、食べに行こうやあ」

「え？　今から？　結構、お腹いっぱいだけど」

「穴子は別腹じゃけえ」

そんな話は聞いたことがない。

だが、加代はレジへ向かい、「ごちそうさま」とお金を払って外へ出る。後から店を出た私の耳に、若い店員の心配そうな声が届いた。

「加代さん、大丈夫じゃろうか？　旦那さんにベッタリじゃったけえ」

振り向いて詳しい話を聞きたい衝動に駆られた。が、加代は店を出て、もう数メートル先を歩いている。

「加代ちゃん！　待ってよ！」

やっと追いついて横に並び、疑問をぶつけた。

「加代ちゃんの御主人って、最近亡くなったの？」

そう尋ねると、加代は一瞬、戸惑うような素振りを見せた。しかし、すぐに気を取り直したみたいに、さらっと答えた。

「二か月ぐらい前」

「え？　御主人が亡くなったのって、そんなに最近のことだったの？」

つまり、加代は夫の四十九日が終わって間もなくアパートを閉め出され、知人を頼って埼玉まで来たことになる。

「加代ちゃん。経済的にも旦那さんに頼りっきりだったのね」

それなら、彼女の浪費癖が治らないのも理解できる。

「そうかも知れんね」

加代はそう答えただけだった。肯定も否定のトーンも含んでいないように聞こえる。

それからは会話もなく、ぽつぽつと外灯の灯る路地を黙々と歩いた。

川が近いのか、少し生臭いような匂いがする。

見上げると、三日月の周囲が虹色《にじいろ》にぼやけていた。

何となく、加代に声をかけにくかった。彼女の心の傷はまだ乾かず、私が思っていたよりはるかに深いものだと感じた。

精神的にも経済的にも依存しきっていた夫が急逝《きゅうせい》し、その今わの際に、夫が別の女のことを思っていたと知ったのだ。さぞかしショックだっただろう。

夫より仕事を優先し、自分の気持ちばかり押し付けて逃げられた私よりもずっと不幸かも知れない。きっと、彼女に非はないから……。

「着いたよ」

加代がいつもの笑顔になって振り返る。

いつの間にかアーケードのある商店街に入っていた。目の前には、いかにも居酒屋風の店構え。

ところが一歩店内に入ると、ちょっとした料亭《りょうてい》のような雰囲気がある。

「お酒も料理も美味しいけえ。そうそう、牡蠣《かき》ご飯もおススメなんよ」

加代は何か食べる前はいつも上機嫌だ。

すぐに仲居《なかい》さんに案内され、衝立《ついたて》でスペースが仕切られた広いフロアに通された。

長時間の移動で足がむくんでいた。靴が脱げるのと、掘りごたつになっているのが嬉しい。

ふたり同時に「よっこらしょ」と座って足を下ろす。

「そうそう。立ったり座ったりする時、すぐ、よっこらしょ、って言うてしまうじゃろ？昔は何で年寄りは、どっこいしょ、とか、よっこらしょ、て言うんじゃろ、って思いよったけど」

「この年になると、そりゃ言うでしょ、って思うよね？」

ふたり、そうそう、と笑い合った。

「失礼します」

注文を取りに来た仲居さんに、加代は地酒と穴子のせいろ蒸しをふたつずつ注文した。

加代に勧められるがままに、冷酒《れいしゅ》を飲んだ。

「あ……。飲みやすい」

「じゃろ？　日本酒が苦手な人は、熱燗《あつかん》の方が飲みにくいんよ」

「そうかも」

加代の選んだ冷酒は水のように飲みやすく、気が付けばせいろ蒸しが来る前にグラスを空けていた。

加代お薦《すす》めのせいろ蒸しは、メニューに『国産天然穴子』と書いてあり、値段もそれなりだ。

焼き穴子と煮穴子の二種類がせいろの中に並んでいて、どちらも口の中でふわっと溶けた。

「本当に柔らかいねぇ」

想像していた臭みもない。

冷酒をもう一杯ずつ注文し、最後にはシメだと言って加代は牡蠣の釜《かま》めしまで注文した。

気がつけば、十一時を回っていた。

結局、牡蠣ご飯まで食べきって、ふたり、ふらふらしながら店を出た。

さすがにほとんどの店舗はシャッターを下ろしていて、人影もまばらだ。

「もー、食べられない！」

「うちは何か甘いもんが食べとうなった」

「えー？　本気？」

「ホテルに帰る前にコンビニで高級アイスを買おうやあ。たかーいヤツ！　うっしゃっしゃ」

ご機嫌の酔っ払い老女がふたり、繁華街を千鳥足《ちどりあし》で歩いていても、襲われる心配はない。襲われるとしたら金銭目的だろう。

女が年を取って、何かいいことがあるとしたら、性被害の対象になりにくいことぐらいだ。その証拠に、アーケードの下ですれ違った酔客《すいきゃく》らしき男性のグループが、見事に私たちを避けていく。

商店街を出て空を見上げると、もう月は見えなかった。

――明日は雨かな……。

加代はホテルの近くのコンビニで、一個四百五十円もするメロンパフェ風アイスを買った。私も初めて、四百円を超えるイチゴのアイスを買った。

正気の沙汰《さた》じゃない。

お酒のせいで気が大きくなっているとしか思えない。それなのに、自分を抑制《よくせい》するリミッターが外れたような開放感に浸っている。

「加代ちゃーん。なんだか、幸せだわー」

「うちも！　なんか、ようわからんけど、幸せじゃー。うっしゃっしゃ」

お互いを支えるようにしながら、ホテルの部屋までたどり着いた。

「加代ちゃん。先にお風呂入っていいよ」

「無理。うち、もう寝るけえ。明日の朝、入る」

「だめよー。きれいにして寝なきゃ。ほこりやウイルスがいっぱい付いてるわよ、きっと」

そう言って加代をたしなめたところまでは記憶がある。

ところが、次に目を開けた時、私は昨夜の服を着たまま、布団の中にいた。

カーテンの隙間から光が差している。ナイトテーブルの時計を見ると八時半。

バスルームからはシャワーの音が聞こえていた。どうやら、加代は昨夜言っていたように、起きてシャワーを浴びているようだ。

――私としたことが……。

少し頭痛がする。長距離の移動。そして、歩いて、食べて、飲んだ。疲れて満腹になったところに、飲みなれない冷酒を二杯も飲んだせいですっかり酔っぱらってしまった。

――それにしても、昨夜は楽しかった。

のろのろ起き上がって、お湯を沸かし、部屋に備え付けのドリップコーヒーを淹れた。

「真理子さん。おはよ」

その時、純白のバスローブをまとい、頭にターバンみたいに白いタオルを巻いた女がバスルームから出てきた。

「ああ、ええ匂い。コーヒー、作ったん？」

いでたちだけは大女優の風格だが、やっぱり加代だ。

「うん。加代ちゃんのも淹れたよ」

「そういやあ、夕べ買うたアイス、冷凍庫に入れちょいたけど、大丈夫かねえ？　ホテルの冷凍庫ってあんまり低温じゃないんよね」

加代が言ったとおり、高級アイスはドロドロになっていた。

「あー。もったいない。四百円以上したのに」

それでも、ふたり、小さな丸テーブルをはさんで向かい合い、ホットコーヒーとアイスを食べた。

買った時はコーンフレーク、ゼリー、アイス、苺《いちご》の果肉《かにく》という風に綺麗な層になっていたのに、今は溶けて混ざりあっている。

「じゃけど、食べれんことはないね」

同じアイスのメロンバージョンをスプーンですくいながら、加代が笑う。

「で、朝ごはん、どうする？」

「え？」

昨夜は食べ過ぎたこともあり、このアイスとコーヒーだけで十分な気がしていた。

「ここ、十一時にチェックアウトじゃけえ、何か買うてきて、ここで食べん？　この近くに美味しいパン屋さんがあるんよ」

「いいけど、私、胃もたれしちゃって。ちょっと頭も痛いのよね」

「そうなん？　じゃったら、真理子さんはもうちょっと寝ちょってええけえ。うちが買うてくるけえ」

そう言って加代は部屋を出て行った。

その間に私はシャワーを浴びて、髪を乾かした。

シャンプーとトリートメント、ボディソープはいうまでもなく、化粧水《けしょうすい》や乳液《にゅうえき》まで置いてあった。コンビニもすぐ近くにあった。

加代が言うように、持ってこなくて困るものはほとんどない。しいて言えば、お金ぐらいだ。

　バスルームを出て、ふと見ると、加代のベッドの上にバッグが置いてあった。

「加代ちゃんったら、財布も持たずに出かけたのかしら。まるでサザエさんね」

　思わず笑い、下のロビーで加代が帰って来るのを待とうと決めた。

　彼女のバッグを摑んで部屋を出ようとした時、何もない所でつまずいた。

　定年後、圧倒的に運動量が減ったせいか、よくつまずくようになった。

　――しまった。

　床にバッグの中の一部を撒いてしまった。

「あら？」

　ハンカチやティッシュと一緒に加代がいつも大切そうに持っている小さな巾着があった。中を見たいという好奇心に駆られた。けれど、人の物を勝手に見てはいけない、という良心もある。

　かと言って、後で、「そう言えば、加代ちゃんが持ってた巾着だけど、中に何を入れてるの？」なんて今さら聞くのも不自然だ。

　厚手の布の上から触ってみたが、固い木の枝をいくつかに折ったようなものとリング状の何か、であることしかわからない。

　――見たい。

誰もいない室内をきょろきょろ見回してから、震える指で袋の口を縛っている蝶々結《ちょうちょうむす》びのリボンを解《ほど》いた。

が、ひっくり返して中身を出すことは憚《はばか》られ、巾着の上部を少しだけ開いて中を覗いた。

「うっ……」

見てはいけないものを見てしまったような気持ちで、すぐにリボンを引き、きゅっと巾着の口を閉じた。急いでリボンを元通りの蝶々結びにし、ハンカチやティッシュと一緒にバッグの中へ戻した。

巾着の中にあった白い物体が網膜《もうまく》に焼き付き、心臓がドキドキしている。

三つの関節に分かれた指の骨に見えた。

あれはきっと、加代の夫の骨だろう。

加代は自分の故郷に夫の骨を埋め、その一部を肌身離さず持ち歩いているのだ。愛というよりは執着のようなものを感じて少しゾッとした。と同時に、それでも愛されなかった加代に同情した。

ピッ。不意にドアのロックが解除される音がして、加代の明るい声が聞こえた。

「ただいまー」

私は動揺を隠し、「か、加代ちゃんったら、バッグ忘れてるじゃないの」と笑うつもりが、責めるような口調になっていた。

「ペイペイじゃけえ、スマホさえありゃええんよ」

その証拠に、加代は可愛いフランスパンのイラストが入ったレジ袋を携えている。

「そ、そっか」

まだ心臓がドキドキしていた。

「真理子さんは食欲がなさそうじゃけえ、サンドイッチにしちょいたよ」

加代がテーブルの上に、大量の調理パンや菓子パンと一緒にレタスとハムが挟まったサンドイッチを並べる。

彼女は早速、カフェラテを片手に菓子パンを食べ始めた。私も向かいの椅子に座ったものの、まだ食欲はない。カフェラテだけ手に取って口をつけた。

「せっかくじゃけえ、縮景園《しゅっけいえん》でも見てから帰ろうかね」

ふたつめのパンを手にした加代が提案する。

「縮景園？」

「昔のお殿様《とのさま》が作った庭園なんよ」

「随分《ずいぶん》ざっくりした説明ね」

「詳しいことは知らんけど、あそこに行くと落ち着くんよね」

そう言われると行ってみたくなる。一方で、加代はその庭園にも夫と一緒に行ったのだろうかと、さっき見た骨を思い浮かべながら想像する。

今日は縮景園とかいう名勝に立ち寄ってから広島駅に戻り、夕方までに埼玉に帰るというプランで話が決まり、午前十時にはホテルをチェックアウトした。

曇っているせいか、昨日ほど暑さは感じない。こういう日こそ、油断できない。

日陰になっているが、帽子をかぶったまま、路面電車の停留所に並んだ。


やがて、路面電車は縮景園前という停留所に着いた。

少し雲が晴れ、日差しも戻ってきた。

まめに水分を補給しなくちゃ、と自分に言い聞かせる。

庭園の入口でもらった冊子によると、縮景園は江戸時代初期、広島城主のひとりによって築かれた伝統的な日本庭園らしい。

まあ、加代の説明は大雑把ではあるが、間違ってはいなかったようだ。

名前の由来は、日本中の景勝地《けいしょうち》を一か所にぎゅっとまとめた庭園、という意味らしい。

庭園に足を踏み入れると心地よい風が吹いていて、過去にタイムスリップして、まったく別の空間に迷い込んだような錯覚を覚えた。

加代とふたり並んで石畳を歩き、池にかかった橋を渡った。

植物の瑞々《みずみず》しい匂いがする。

「気持ちいいね」

素直な感想が口から漏れた。

「そうじゃろ？」

騒々しい市内中心地から近く、庭からビル群も見えているのに、ここに居ると時間の流れが遅くなったような気がして、加代が言うように不思議と気持ちが落ち着いた。

「お茶室もあるのね」

庭園の中には歴史を感じさせる建築物も点在している。

別れた夫はこういう古い建物を見るのが好きだった。本当は宮大工になりたかった、と彼が言っていたことを思い出す。

「うちの人は日本庭園とか神社とか、好きじゃったんよ……」

加代が語尾を震わせた。

奇遇だ。もしも、亡くなった加代の連れ合いと私の元夫が会う機会があったなら、さぞ気が合ったことだろう。

夫のことを思い出したのか、加代が今にも泣き出しそうに眉を歪《ゆが》め、不意にその場にしゃがみ込んだ。

「うちが先に死ねば良かったんかも知れん」

池に浮かぶ睡蓮《すいれん》に視線を落としながら、加代が呟く。それなら夫が死に際に別の女の名前を呼ぶのを聞くこともなかった、と言いたいのだろうか。

座り込んだ加代の指が、ブラウスの裾をギュッと握りしめている。その顔には悔しさと悲しみが混ざり合っているように見えた。

「加代ちゃん……」

複雑な思いを抱えたまま夫の骨を持ち歩いている加代より、私のように単純に元夫を憎んでいる方が幸せなのかも知れない。

「もう帰ろう、埼玉に」

埼玉の家は加代の家でもないのに、そう口走っていた。

「うん。帰って四ツ池スーパーに行こう。その前に生もみじ饅頭を買わんとね」

もう口許が緩んでいる。加代は夫が亡くなってからの二か月、こうやって悲しみや割り切れない思いをやり過ごしてきたのかも知れない。

私は加代の気分をもっと持ち上げたくて、口を開いた。

「そういえば、広島駅に広～い土産物売り場があったわ」

「いっぱい売り場があるけえね。はよう行こうやぁ」

急いで庭園を一周し、また路面電車に乗って駅へと向かった。

昭和を感じさせる車両には、平日のせいかサラリーマン風の乗客が多い。

確か、大きな橋を渡ったら駅だ。

この先、私が広島に来ることはもうないだろう。そう思うと少し寂しくて切ない。

わずか数駅で広島駅に着いた。

「もっと乗っていたかったな」

名残惜しい。路面電車も、広島の街も。

「駅弁も買おうやあ。お茶も」

「お茶はね、作ってきたの。ホテルのティーバッグのヤツで二杯分作って、ポットに入れてきた」

「はー。真理子さんはほんまに節約家じゃね。明日、死ぬかも知れんのに」

そう言った後で、加代はハッとしたように口をつぐんだ。私にその刹那的な生き方について説教されると思ったのだろう。

だが、もう意見する気はなかった。加代にとって、夫の急死は彼女の世界観を変えるのに十分な出来事だったのだとわかったから。

正午頃、広島駅を出る新幹線に乗った。昨夜もしっかり寝たはずなのに、私も加代も席に座るとすぐ寝てしまった。

車両が揺れるたびに私の腕が、隣の席に座っている加代の冷たく肉付きのいい二の腕に触れ、気持ちがいい。ウトウトしながら、ずっとくっついていた。

「真理子さん。弁当食べようや」

新大阪に着いた時、加代に肩を叩かれた。

「あ、うん。もう大阪なんだね」

気づけば、乗車してから一時間半が経っている。

「まだ、二時間半も乗ってられるのね。幸せだなー。今度こそ富士山、見なくちゃ」

ふだん、贅沢をしないせいか、新幹線に乗り、買い食いしているだけで多幸感に満たされる。

この旅行の総額がいくらかかったのかを聞くのは怖かったが、旅行して良かったと満足した。

第三章　ひるさがりのわかれ

1

旅行から帰ってきてからの八日間、私はずっと、加代をこの家に引き止める方法を考えていた。

加代と一緒に畑の世話をして、洗濯をしてからスーパーへ行き、一緒にご飯を作って食べ、テレビを見ながら昼寝をする。

たまに保育園の前を通って散歩し、じゃんけんでお風呂に入る順番を決めて一緒に寝る。甘い物を食べながら、縁側でたわいもない話をするだけで幸せだった。

――もう、加代のいない生活など考えられない。

広島から戻って九日目の朝、いつものように畑に水をやっていると、加代が、

「ねえ、真理子さん。ここにコスモスの種、植えてもええ？」

と、ハナミズキの木の横の、空いているスペースを指さした。

「別にいいけど……」

許可を得た加代は嬉々として、園芸用の鍬《くわ》を片手に土を耕《たがや》し始める。

「うちねぇ……」

加代がそこらに転がっている煉瓦やブロックで花壇をつくりながら、私に背中を向けたまま喋り始める。

「うち、真理子さんになりたかった」

「は？　どういう意味？」

「真理子さんみたいにストイックでシュッとしてる人」

加代がそんな風に思っているなんて考えたこともなかった。

「食べたい放題、やりたい放題の加代ちゃんに比べたら、ほとんどの人がストイックだわ」

何だか照れくさくて、そう言い返してしまった。

「それもそうじゃね」

加代が種を蒔きながら、うっしゃっしゃと笑う。

「じゃあ、私は朝ごはんの準備をするね」

私は冷ややっこに載せるため、ネギの根っこを残してちぎった。こうするとまた生えてくることも最近知った。

九条ネギは以前の二倍の長さになっていて、匂いも強くなっているような気がする。

加代の好きなベーコンエッグを作り、キャベツの千切りを添えた。味噌汁も漬物も準備したのに、加代はまだ作業が終わらないのか、なかなか入って来ない。

心配になって外へ出てみると、加代はなぜかびくっと肩を震わせて私を振り返った。

「涼しくなったら、咲くけえね」

その口調がどこか沈痛なトーンを含んでいて、『花が咲いたら、うちのこと思い出してね』という言葉が鼓膜に直接響いたような気がした。

——やっぱり、加代は出て行くんだ。

そう思うと、寂しくて泣きそうになる。

何と言って頼めば加代はここに留まってくれるのだろう。もう、それしか考えられなかった。

だが、別れは突然やってきた。その日の午後、兄が訪ねて来たことで。

加代と一緒に四ツ池スーパーで買い物をして帰ってくると、玄関の鍵が開いていることに気づいた。

すぐに、兄が来ていると直感した。万一の時のために、と鍵を預けている唯《ただ》ひとりの相手だからだ。

加代には兄のことを、嫉妬《しっと》深くて、負けず嫌いで、底意地が悪い、と説明している。

——かなり会わせにくい。

私が家の中に入るのを躊躇していると、加代が「どうしたん？　鍵が開かんの？」と、不思議そうに聞きながら、力任せにドアノブを回した。

「あれ？　開いちょるじゃ？」

ぽかん、とした顔で、加代がドアを全開にしたまま私を振り返る。

「真理子。トイレの窓が開けっぱなしになってたぞ。不用心じゃないか」

兄が横柄《おうへい》な言い方をしながら玄関先に現れた。

あんな猫ぐらいしか入れないような小さい窓から入れる泥棒はいないでしょ、と言い返したい気持ちをぐっと飲みこんだ。

それより、私の前に立っている加代を紹介しなければならない。きっと、素性を知らない人間と同居を始めたことを知られたら、めちゃくちゃ罵られるに違いない。不用心だ、とか、危機感が欠如《けつじょ》している、とか言って。

ところが、兄は私が予想だにしなかった反応を見せた。

加代を見た兄は茫然《ぼうぜん》とした顔になって、「加代さん?」と呼んだのだ。

「え? 何で、兄貴が加代ちゃんのこと、知ってるの?」

「だって……この人は……」

兄が間抜けな顔をしたまま指さした加代は、私とぶつかるようにしてその場を逃げ出した。一瞬だけ見えた横顔は真っ青で、見たことがないほど硬い表情をしていた。

「加代ちゃん! 待ってよ! どうしたのよ!」

加代はバッグを振り回すようにしながら、走って行く。いつもは動きが鈍いのに、こんなに早く走れるなんて、思ってもみなかった。

想定外のことが次々と起こる中、このまま加代を行かせたら、彼女は二度と戻ってこないという確信に近い予感があった。

「待ってー!」

喉が痛くなるほど叫んでも、加代は振り向きもしない。

結局、追いつけないまま、大通りでタクシーを止める加代の姿を見送るしかなかった。

それにしても、なぜ、加代が兄の顔を見て逃げ出したのか、事情がまったくわからない。

――加代ちゃん、どういうことなの?

聞きたくても、もう、加代を乗せたタクシーは見えなくなっている。

すぐ電話しようとしたが、自分がまだ加代と番号の交換すらしていなかったことに愕然とする。

あとはもう兄に事情を聞くしかない。

再び加代に会える気がしないまま、私は絶望的な気持ちで自宅に戻った。

私が家に帰った時、兄はまだぼやっとした顔のまま、上がり框に立っていた。

「兄貴。なんで加代ちゃんのことを知ってるの？」

「そりゃあ、お前……」

言いかけた兄は私の顔を見ると、踵《きびす》を返し、「座って話そう」と自分の家であるかのような態度でリビングに入っていく。

「早く言ってよ！　兄貴と加代ちゃん、どういう関係なの？」

私は兄の向かいのソファに座ると同時に、身を乗り出して問い詰めていた。

「あの人は……加代さんは、聡一の再婚相手だ」

「は？」

我ながら間の抜けた声が出た。

「加代ちゃんが……聡一さんの……今の奥さん……？」

「そうだよ。お前、なんで加代さんと知り合いなんだ？」

それは、加代の素性を知らなかったからだ。

——あの加代が、私から夫を奪った女なの？

兄から聞いていた再婚相手の容姿と加代の外見とが重ならず、どうしても、ピンとこない。

「兄貴。聡一さんの再婚相手って、だいぶ年下で女優みたいに綺麗な人だって言ってなかった？」

兄の言葉を鵜呑《うの》みにした私は、元夫の後妻《ごさい》を大原麗子《おおはられいこ》か池上季実子《いけがみきみこ》のような女性だろうと想像していた。

「人間、年はとるからなぁ」

結婚後、長い時間をかけて容貌が衰《おとろ》えていったとでも言いたげだ。

しかし、その瞳はキョトキョトと泳いでいる。嘘をついている時の表情だ。

「けど、結婚式で兄貴が見たっていう奥さんの面影は全くないんだけど」

「それはほら、激変ってヤツだよ」

兄はひどく汗をかき、自分で勝手にいれたらしい麦茶のグラスを持ったり置いたりして、挙動不審だ。

「本当のこと、言いなさいよ！」

更に詰め寄ると、兄は決心したように麦茶をグッと飲み干し、口を開いた。

「若くてスタイルのいい美人だと言ったのは嘘だ」

「どうしてそんな嘘、ついたわけ？」

追い詰められた兄は開き直るように、ふふん、と鼻先で笑った。

「お、お前が可哀そうだと思ったからだよ」

「は？　どういう意味よ」

「お前とそう年の変わらない、牛みたいな女と再婚したって言ったら、お前のプライドが傷つくと思ったんだよ」

兄の言い訳に愕然とした。

次に、ふつふつと怒りが込み上げ、今まで抑圧してきた罵詈《ばり》雑言《ぞうごん》が口から噴き出した。

「はあ？　デリカシーのかけらもない人間のくせに！　なんでそんな下らないところで、つまらない嘘、つくのよ！　バカじゃないの？　そもそも、私のプライドを尊重したことが、一回でもあった？　私は、バカみたい、って思いながらも、兄貴のなけなしの自尊心を傷つけないように配慮してやってきたのに！　今まで私に配慮なんかしたことないくせに、なんでそんなところでいい人ぶって、嘘ついたのよ！」

兄を責め立てながら、なぜかボロボロ泣いていた。

兄に涙を見せるのは、小学校の混合リレーで負けた時以来だ。

案の定、兄は驚いたような顔をしている。が、すぐに、それ見たことか、と言わんばかりにほくそ笑んだ。

「ほら、やっぱり傷ついてるじゃないか。本物の加代を見たあとで、あれが聡一の再婚相手だと知ってショックだったんだろ？　だから嘘ついたんだよ。お前が諦められるように」

兄に、元夫への未練を見抜かれていたような気がして悔しかった。

「出てって！　もう二度と来ないで！」

「は？　こんなことで俺と絶縁する気か？　俺には妻も子もいるが、お前にとってはたった一人の肉親だぞ？」

そう思ってこれまで我慢してきた。けれど、今は一分一秒でも一緒にいたくない。

「うちに来て嫌味しか言わないあんたにお茶を出して、つまらない話に相槌《あいづち》うってやったのは、あんたがいつも見栄張って銀座で買った手土産を持ってくるからよ！　それだけよ！」

兄は絶句したように口をつぐんだ。

それでも、すぐに威厳を取り戻すかのようにソファに背をもたれさせ、冷笑した。

「ああ、そうかい」

兄は傷ついた素振りも見せず、立ち上がった。

そして、リビングから出て行きかけて、ふとこちらを振り返り、「今日来たのは、聡一が死んだことを伝えに来ただけだからな」と、吐き捨てるように言った。

「え？　死んだ？」

それは加代が聡一の再婚相手だと知った時点で、つながるはずの事実だった。それなのに、実感が湧かない。

「だって……この前来た時、ふっくらして元気そうだったって……」

あれからまだ三か月も経っていない。

「急性白血病《はっけつびょう》の治療薬の副作用で顔がむくんでたらしい」

それから一か月もしないうちに、急変して亡くなったということなのだろう。

会えない人間が死のうが生きようが関係ないはずなのに、自分でも驚くほどの衝撃を受けていた。

兄は誰に言うでもなく、呟くように言った。

「四十九日の法要が終わってすぐ、加代さんがいなくなって、親族は大騒ぎだったそうだ。まさかこんな所にいたとはな……」

兄は私に背を向け「何で元嫁の家に……」と首を傾げながら出て行く。

——それはこっちが聞きたい。

遠くで玄関の扉が閉まる音がした。

軽い喪失感が生まれた。

ついに兄との縁を切ってしまった……。

けれど、それについては何の感情もわかず、加代が聡一の再婚相手だという事実に、ただただ、茫然としていた。

ソファに座ったまま、頭の中を整理しようと努めた。

夫は二か月前に死んだ、と加代は言った。それは嘘ではないらしい。

だが、失踪して大騒ぎするような親族がいるということは、彼女は天涯孤独ではないのだろう。心配してくれる人などいない、と言ったのは嘘だ。きっと、アパートを閉め出されたという話も……。

勝手に、加代が天涯孤独の身の上だと思い込んでいただけなのに、騙されたような気持ちになった。

——独り暮らしの寂しさに付け込まれたんだ。

だからと言って、金銭を騙し取られたわけではない。むしろ、加代が負担した食費の方が大きい。そういえば、まだ旅行代も払っていない。

しかし、加代が元夫の再婚相手なら、この家に来たのは偶然ではないはず。何らかの意図をもってここへ来たのは間違いない。

——あの女、いったい何しにここに来たのよ。

加代の思惑がわからず、イライラした。

そして、騙された、という怒りだけが、頭の中をグルグル回っている。

だが、ここでハッとした。自分の怒りは、加代がかつて私から元夫を奪ったことに対するものではない。嘘をついて、今の私の心に住み着いたことが許せなくて湧き出ているものだと気づいて。

いっそ憎みたかった。憎んで、嫌いになって、忘れてしまいたい。そう思っているのに、泣き出しそうになっている。

私は今まで孤独に鈍感《どんかん》なだけだったのだ。

寂しい、なんて感情を抑えられなくなってしまったのも、加代のせいだ。

一刻も早くこの家から加代の痕跡を消し去って、元の生活に戻らなくては。

彼女が残して行った歯ブラシや下着や服をゴミ袋に突っ込んだ。水屋に入っていたコーンビーフやトリュフソースも全部捨てた。

──明日から、また独りだ。

泣きながら、加代が着た聡一のスエットを最後に捨てた。

翌日から、完全に元の生活に戻った。

朝はトーストとコーヒーで朝食を済ませ、身支度をして自転車で四ツ池スーパーへ向かう。

途中、佳津乃の家の前を通った。

ここ数日は忘れていたが、住人を失った家屋を見る怖さが蘇る。

何とか視線を上げて横目で見た塀に、「売り家」の看板がくくりつけられていた。

佳津乃が親族らしき人と一緒にいるのを見たことはない。それでも、財産を相続し、売るような身内はいるということだろうか。

――私が死んだら、私のあの家と、わずかな預貯金は兄貴の物になるのかしら……。

そんなことになるぐらいなら、国に寄付してやる。

兄の嘘のせいで、加代と元夫がつながらなかった。そのせいで、加代を警戒しなかったことに腹が立って仕方がない。

――最初から、聡一さんの再婚相手が牛のような四十女だと教えてくれていれば……。

もやもやする頭のまま、スーパーの駐輪場に自転車を置いた。

「おはようございます！」

入口で、店長らしき男性にカゴを渡されたが、今朝はそれほど嬉しくなかった。

一人分の惣菜を物色し、味噌汁の具にするシイタケに手を伸ばす。

――買い物って、こんなにつまらなかったっけ。

加代と一緒に買い物をした時のことばかり思い出す。

『明日、死ぬかも知れんのに』

と笑う加代の声が鼓膜にこびりついている。

わけもなくムシャクシャした。

思い切って、六百円もするカステラをレジカゴに入れてみたが、気分は晴れない。

「お会計は二千四百三十円になります」

南出がニッコリ微笑む。

「え？　二千？」

半ばやけになって色々買い過ぎてしまったようだ。

「お支払いは現金ですか？」

「はい。現金で」

「レジ袋はご入り用ですか？」

「いいえ」

いつもの会話が終わる。

加代も佳津乃もいない。今日はこの後もう誰とも喋ることはないだろう。そう思うと、とてつもなく寂しかった。

が、思いがけず、南出が「佐伯さん」と私の名前を呼んだ。

「え？　どうして私の名前を……」

「ポイントカードにお名前が書いてあるので」

「あ、そっか……」

それにしても、南出が私を呼び止めた理由がわからない。

「私、このお店、今日までなんです」

「え？　そうなの？」

「母が認知症《にんちしょう》になってしまって、介護《かいご》のために新潟《にいがた》の実家に帰ることになったんです」

愕然とした。南出まで居なくなることに。

それでも何とか気を取り直して、会話を続けた。

「そ、そうなのね。大変ねえ。お母さま、おいくつ？」

「六十五です」

私より十歳以上若いのか……。

「まだお若いのに、大変ね」

驚く私に彼女はペコリと頭を下げた。

「佐伯さん。今までありがとうございました」

「え？　何が？」

スーパーのレジ係にお礼を言われる理由がわからない。

「私、レジを打つのが、一番遅いのに、いつも私の所に並んでくれて、ありがとうございました」

その目に涙が光っている。私は何と言っていいのかわからないのと、後ろの列が気になるのとで、

「あなたの笑顔が可愛かったからよ。それだけ。じゃあね。元気でね」

早口に言って、お金を払い、レジを離れた。

——初めて二言以上喋ることができたのに、今日でお別れなんて……。

今日の南出は今まで以上に純朴そうに見え、袋詰めが終わってもまだ、その場を立ち去り難かった。

また、家に帰って惣菜を食べ、テレビを見ながらうたた寝をする。

夕飯は昼の残りの惣菜を食べ、また卵を一個茹でる。

この生活には喜びも希望も充実感もなく、私がこうやって命をつないでいることが誰かの役に立つこともなく、それを喜ぶ者もいない。

こんな風に思うようになったのは、加代との生活を楽しんでしまったせいだ。

——加代ちゃんのバカ……。

バカだから、知らない所で聡一さんを他の女に寝取られたのよ。挙句の果てに、うわごとでその女の名前を呼ばれるなんて、最低だわ。——ざまあみろ、よ。

同情も憎しみに変わり、心の中でもう何度、加代を罵ったかわからない。

それなのに、加代の「うっしゃっしゃ」という笑い声を思い出し、寂しくて、寂しくて、

会いたくて仕方なかった。

2

毎日、ルーティーンをこなすだけの生活に戻ってから四日が経ったある日の午後、若い女が訪ねてきた。

インターホンの画面を見ると、三十歳前後だろうか、ふわっとカールした栗色《くりいろ》のショートヘア、目鼻立ちのはっきりした美人が立っている。

――保険の外交かしら。

我が家にこんな女性が訪ねてくる理由は勧誘以外に考えられなかった。

もちろん、この年で新しい保険に入る気はないし、見直しも面倒くさい。それでも、玄関のドアを開けてしまったのは、とにかく誰かと喋りたいからかも知れない……。

「はい」

玄関のドアを開けると、彼女の全身が見えた。淡いブルーのワンピースだと思っていた服はマタニティドレスだった。

「あら、妊婦さんなの？　外は暑かったでしょ？」

「いえ、大丈夫です」

礼儀正しそうな女性だった。

「上がって麦茶でも飲んで行く？」

ついそう言ってしまうぐらい不審なところのない、清楚で上品な人だった。

保険の外交員ならここぞとばかりに上がり込んでパンフレットを開き、勧誘する場面なのだが、彼女は「いいえ。ここで……」と困惑顔で遠慮する。

そして、意を決したように口を開いた。

「佐伯真理子さんですよね？」

そう聞かれて初めて、彼女が何かの勧誘にきたのではないことに気づいた。

「ええ……。そうだけど……」

「私、山崎恵《やまさきめぐみ》と言います」

「山崎……」

どこかで聞いたような苗字だと首を傾げ、記憶を辿る。

私がその苗字の持ち主を思い出す前に、恵と名乗った女性が口を開いた。

「山崎加代の娘です」

「ええっ⁉」

それが本当なら、元夫の娘ということになる。

——嘘でしょ……。

目の前の顔を改めてまじまじと見た。が、夫の面影は見つけられなかった。しいていえば、大きな黒目だけが加代に似ている。

兄が以前、聡一にもうすぐ孫ができる、と言っていたことを思い出した。

「あなたが……。それなら私も聞きたいことがあるの」

「え？」

加代の娘は不意を突かれたような顔をして、長い睫毛《まつげ》を瞬かせた。

「こんな所で長話もアレだから、とにかく上がってちょうだい」

マタニティドレスを着た女性は、自分から訪ねて来ておきながら、家に上がることは躊躇している。

「誰か来て見られたら面倒だから」

誰も来やしないのはわかっている。

だが、私の質問は玄関先で投げかけられるような単純なものではない。まず聞きたいのは、加代の娘が何をしにここへ来たのかということだが、他にも聞いておきたいことがある。

私は彼女をリビングに通し、麦茶を運んだ。

外では鼓膜に張り付きそうな、アブラ蟬の甲高《かんだか》い鳴き声が響いている。

ソファに座った加代の娘はバッグからハンカチを出し、あごの汗を拭った。

私はリビングの窓を閉め、加代が出て行ってから初めてクーラーのスイッチを入れた。

「すみません」

彼女は明らかに恐縮し、困惑しているのがわかる。

私は自分を落ち着かせるために、客より先にグラスに口をつけた。

「母が厚かましくもこちらにお世話になっていたそうで、本当に申し訳ありません」

彼女は居ずまいを正し、慇懃《いんぎん》に頭を下げた。見た目もさることながら、雰囲気も加代とは似ても似つかない、聡明そうで隙のなさそうな女性だ。

――なるほど。この子が加代にスマホやアプリの使い方を教えてたのね。

「加代ちゃ……いえ、加代さんが、厚かましくも世話になった、って、そう言ったの？」

今となっては、親愛の情を込めて「ちゃん」付けで呼んでいた自分が忌々しい。

「ええ。転がり込むつもりはなかった。そんなことができる立場じゃないとわかっていた。それなのに、真理子さんの傍があまりにも居心地がよくて、ついつい長居をしてしまった、と言っていました」

それを聞いて、嬉しいと思っている自分を更に疎ましく思う。

私はできるだけ平静を装い、素っ気なく言った。

「私は加代さんの素性を知らなかったし、自分の不注意でケガをさせてしまったから、親切にしただけのことよ」

「ええ。勝手に人様の家の庭に入り込んだと聞きました。本当にすみません」

恵は加代の愚行に呆れ果てている様子でまた頭を下げる。

どうやら、この出来のよさそうな娘は母親の代わりに謝罪に来たらしい。

「加代さんは、ここに何をしに来たの？」

単刀直入に聞くと、恵は「私にもわからないんです」と首を傾げた。

「四十九日の法要の後、お父さんのお骨と一緒に消えてしまって……」

恵は困惑顔で言葉を途切れさせる。

聡一は大島のオリーブの木の下に眠っている、と加代は言った。

加代は法要の後に持ち出したという遺骨を、自分の故郷である大島のみかん畑に埋めて、その時に分骨した一部を巾着に入れ、持ち歩いていたのだろう。

――死ぬ間際に他の女の名前を呼んだ夫の骨を肌身離さず持ち歩くなんて、どうかしてる。

恵は溜め息をついた。

「母は直情的というか、後先考えないというか、私には理解できない行動をとることが多々あって」

確かに恵と加代は全く違うタイプに見える。親子だと言われなければ、たとえ二人が一緒に歩いていても血縁者だとは思わないだろう。外見も表情も喋り方も、全く似ていない。

「あなたにひとつ、聞きたいことがあるの」

そう切り出すと、恵は少し緊張したような面持ちになった。

「はい……。何でしょうか」

それは、離婚後、ずっと知りたいと思っていたことだ。けれど、いざとなるとストレートには聞けない。私は遠まわしに確認した。

「あなたの生年月日を教えてもらえる？」

恵は、きょと、とした目になった。私がなぜそんなことを尋ねるのかわからない様子で。

「私は一九九四年の十二月生まれですけど」

「十二月……」

私と聡一は一九九四年の七月に離婚した。その五か月後に子供が産まれたということは、聡一は離婚成立前に加代と関係を持っていたということになる。

――いくら仕事を優先していたとはいえ、私という妻がありながら……。

心の中で怒りが燻《くすぶ》り始める。その一方で、すっきりした、という気持ちもあった。これで心置きなく、元夫と加代を憎むことが出来る。

自分から夫を奪った女が、今度は他の女に夫を奪われたなんて、いい気味だ、と悪意に満ちた心で嘲笑《あざわら》うことが出来る。

「だと思ってたわ。やっぱり、私の元夫とあなたのお母さんは不貞を働いていたのね」

自分を納得させるために言葉にして口から出すと、恵は急に、キッ、とまなじりを上げた。

「それは違います」

毅然とした言い方だった。

「違う？　違わないでしょ？」

恵が十二月に生まれたということは、加代と聡一は二月か三月には親密な関係になっていた計算になる。明らかに私たちの離婚前だ。

恵は悔しそうな顔で私を睨《にら》んだ。

「お父さんは私の本当の父ではありません。血がつながってないんです」

「え？」

一瞬、わけがわからなくなった。

「お父さんは離婚して広島に戻った後、母方の祖父が経営する広島の工務店に就職した、と聞いています。それは私が生まれる五か月ぐらい前のことだそうです」

つまり、加代の父親は大島のみかん農園だけでなく、広島で工務店もやっていたということらしい。思った通り、加代の実家は裕福だったようだ。

「その頃、母も祖父の工務店で事務の仕事を手伝ってたそうなんですが、お父さんと出会った時にはもう、出入りの職人と恋愛して私を妊娠していたんです」

恵は言いにくそうに、そこで言葉を途切れさせた。

「じゃあ、あなたのお父さんは、その職人さんだって言うの？　聡一さんじゃなくて？」

半信半疑で尋ねると、恵はようやく麦茶のグラスに手を伸ばし、喉を潤してから続けた。

「はい。でも、その職人には妻子があって……。そのことを母に隠して付き合っていたようです。結局、妊娠したと告げた母は捨てられてしまって」

「そんな……」

けれど、あの加代ならあり得ないことではないような気がした。猜疑心《さいぎしん》というものが薄く、勢いだけはある。それにしても、そんなクズ男に引っかかるなんて……。

「祖父はとても厳格な人だったから、打ち明けたら勘当されると思ったそうです。それで、中絶しようかどうしようか、泣きながらクリニックの前をうろうろしていた所に、お父さんが通りかかって事情を聴いてくれたと聞きました」

「それが……聡一さん……」

恵が深く頷《うなず》いた。

職場である工務店でよく顔を合わせていた聡一は加代に同情し、お腹の子の父親は自分だ、と言い張って、恵の祖父に相当罵倒《ばとう》されたという。が、お陰で加代は家を追い出されずに済んだらしい。

その後、一度は工務店をクビにされた聡一だったが、山崎家の婿養子《むこようし》に入り、加代と所帯を持つことを条件に再雇用《こよう》された、と恵は語った。

「お父さんは父親のいない私に同情して母と結婚したのかも知れません。実の父親じゃないという話を聞かされたのは、私の成人式の時でした。けど、お父さんがいなかったら、私はこの世に生まれてきていなかった。そう思うと感謝しかありません」

つまり、私と離婚していなければ、恵はこの世に存在しなかったということになる。

「お父さんは私のことを本当に可愛がってくれたので、真実を知った時は、天地がひっくり返るぐらい、びっくりしました。事実を知らされるまでお父さんの子供じゃないなんて、疑ったこともありませんでしたから」

私の不幸の上に、加代の家族の幸福が成り立っているような気がして、不愉快だった。

「あの人、私との子供は欲しがらなかったくせに、他人の子は愛せたのね」

嫌味のひとつも言わずにいられなかった。

それを聞いた恵が急に「え？」と私の顔を見る。

「お父さんは……無精子症《むせいししょう》だったと聞いてます」

「え？　無精子症？」

「はい。子種がないから子供は持てないって、母に言ってたそうです」

——嘘……。

愕然とした。と同時に、あの日……、聡一が出て行った日、自分が彼に投げつけた言葉が生々しく蘇った。

『私がどんな気持ちで、今日は排卵日だから、って言ってたと思うの？　そんなことを言うのは恥ずかしかったし、疲れてるって断られたらもっと恥ずかしかった。それでも言ったのは、子供が欲しかったからよ！　豪華な結婚式より、高価な指輪より、一戸建てより、子供が欲しかったのよ！』

子供を作れない彼に、なんて残酷なことを言ってしまったのだろう。

けれど、それならそうだと言って欲しかった。そしたら、子供のいない人生をふたりで謳歌《おうか》する道を考えたはずだ。

——いや、言えるわけがない……。

彼は言えなかったのだ。私の子供に対する執着心を彼が一番強く感じていただろうから。

聡一を傷つけた言葉の刃《やいば》が、今になって私を切りつけてくる。

——私はなんてことを……。

初めて想像した。聡一がどんな気持ちで私に離婚届を送ってきたか、を。

後悔の渦《うず》に巻かれ、元夫への懺悔《ざんげ》でもう手一杯になっているのに、恵は更に語り続ける。

「お父さんは子供好きで、母と三人で色んな所に連れて行ってもらいました。祖父が亡くなって工務店を引き継いで忙しかったのに。お母さんは父のことが大好きでした。会社では仕事の雑用を一生懸命して、家では甲斐甲斐しくお父さんの世話をしてました」

幸せな過去を懐かしむような顔をしていた恵が急に、「けど……」と言葉を詰まらせた。

「入院した時も、母は付きっきりで看病したのに……。お父さんの最期の言葉は『真理子、すまん』だったんです」

「嘘……」

混乱し、思わず両方の耳を塞いでいた。

——嘘よ、もうやめて……！

何も聞きたくないから塞いだ耳の鼓膜に、大島で聞いた加代の言葉が蘇った。

『あの人ねぇ。亡くなる時、ほとんど意識のない状態じゃったんじゃけど、他の女の名前を呼んだんよ』

他の女……。それって、私のことだったの？

「帰って、ください……。加代さんと聡一さんが不倫関係じゃないことはわかったから。もう帰って！……お願いだから」

震えながら頼んでも、恵は腰を上げようとしない。

「今日はお願いがあって来たんです」

恐る恐る顔を上げて見た恵の目は、真っすぐに私を見ていた。その大きな瞳が潤んでいる。

「何……？」

尋ねる声が震えていた。彼女が今すぐ私の前から去ってくれるのなら、何でもしようと思った。

「母は……病気なんです」

「病気？　加代ちゃんが？」

一度だけ、和室に転がっていた時に異常を感じたことがある。けれど、重病患者には見えなかった。

「脳に腫瘍《しゅよう》があって……、手術しないと長くは生きられないんです。けど、本人はどうしても手術しないと言っていて」

「どうして？」

「お父さんが生きてる時は、手術を受ける、って言ってたんですけど。お父さんが死んだ後、抜け殻みたいになってしまって」

加代は本当に夫のことを愛していたのだろう。それは一緒に旅行した時にも、ひしひしと感じた。あの時は、まさか、その夫が自分の元夫だとは思いもしなかったのだが。

「真理子さんの家を出て広島に帰って来てすぐ、倒れてしまって、今は城北《じょうほく》の医療センターに入院してるんです。けど、自分はもうどうなってもいいから手術しない、って……」

不意に加代の声が蘇った。

『明日、死ぬかも知れんのに』

加代の、あの言葉が急に重みを増した。

「母に手術するように言ってもらえないでしょうか」

「なんで私が……」

家族でもない自分が説得するよりも、娘の言葉の方が何倍も響くはずだ。

「加代さんは、あなたが私に会うことを望んだの？」

「いいえ。母がうわごとで、『真理子さん、ごめんね』って言ってるのを聞いて、居ても立ってもいられなくなって。母には内緒で来ました。住民票で、父の前の住所を調べて」

恵は落ち着いた様子で説明していた。私も冷静にやりとりしているつもりだったが、本当は元夫が亡くなる時に呼んだのが私の名前だったという話に心を囚われ、他の話はまともに耳に入ってこないほど混乱していた。

落ち着かなきゃ。

早く恵を追い出したくて、そこから加代のことを狡猾《こうかつ》で非常識な人間だとネチネチ罵り続けた。その時間は数分、いや、数十分だったかもしれない。

実際、加代への怒りは以前よりも増していた。私が欲しくても手に入れられなかった子供を持ち、その娘が手術をしてくれるよう哀願しているのに、聞き入れない。贅沢だ。

「とにかく、私にあなたのお母さんに『手術を受けろ』と説得する筋合いはないわ。あなたのお母さんは、私を騙してこの家に上がり込んで、友達面《づら》して旅行までしたのよ。どうして私がそんな人に会いに行かなきゃいけないの？」

母親を罵倒され続けた恵は、可哀そうなほど青ざめた顔で立ち上がった。

「お邪魔《じゃま》しました。すみませんでした」

そのままリビングを出て行こうとする恵を「待って」と呼び止め、私はキャビネットの引き出しの底を探った。

何を勘違いしたのか、頬を緩めて振り返った恵に、そこに保管していた銀行の封筒を突き付けた。十万円ほど入っている。いわゆるタンス預金というやつだ。

「これ、加代ちゃ……いいえ、あなたのお母さんに立て替えてもらってた旅行代。返しといて」

恵は明らかな落胆の表情を浮かべ「そうですか」と受け取った。

私はその場に立ったまま、加代の娘を玄関まで見送ることもできず、何もない部屋の隅を見つめていた。

あまりに沢山の真実を一度にインプットされ、思考が追いつかない。

ただ、わかっていることは『私が人でなしだった』ということ。

けれど、今日知った、『過去』と『罪』に向き合うのが辛すぎた。

3

加代の娘が帰った後も、私はリビングでひとり、悶々《もんもん》とした。

最期まで夫を許すことができなかったことへの後悔が生まれた。息を引き取る時まで、私への罪悪感をいだき続けていたことを知り、愕然とした。

それでも、夫は加代のような大らかで料理上手な女と一緒に生活できて、幸せだったはずだ。そう思うことで自分の気持ちを軽くする以外、何もできない。

――だって、もう、あの人には謝ることもできない。

あとはもう加代への憎しみで心を埋め尽くすしかなかった。

夫はきっと加代母娘に同情心が生まれ、ずっと一緒に居たのだろう。加代に出会わなければ、私の許に戻るチャンスがあったかも知れないのに。

誘惑しなかったとしても、私から夫を奪ったことに違いはない。

そんな女が、嵐の夜に私の家に来て、嘘をついてまで私の寂しさに付け込んだ。

――加代のせいで、私はこんなにも苦しめられている。

それなのに、手術を受けるよう説得してほしいなんて、厚かましいにもほどがある。

娘があんなに心配してくれてるのに治る努力をしないなんて、どうかしてる。

夫への罪悪感も、自分を苦しめる孤独も、ぜんぶ加代のせいにした。

——そんなに手術が嫌なら、死ねばいい。

加代をこの家に引き止めたのは自分だと、この憎悪は理不尽だと、わかっていながら。

加代の娘が去り、四ツ池スーパーから南出の姿も消えると、人との会話が完全に消滅した。

加代がいた頃の食生活が嘘のように、食欲もない。

あれほど煮えたぎっていた加代への怒りも日に日に薄れ、あの時の自分は何に対してあんなに激怒していたのだろう、と思ったりする。

結局、残った感情は『寂しさ』だった。

だからと言って、身寄りがない、住むところがない、と私を騙した加代を許す気にはなれない。

加代の娘が訪ねてきてから四日目。

本来なら、加代が出て行くはずだった年金支給日だ。

その日は珍しく空腹で目が覚めた。

味噌汁でも作ろうかな。

ネギを穫ろうと思って、久しぶりに畑の方へ足を向けた。

――もう、枯れちゃったかしら。

私の想像に反し、オクラも小松菜もネギも青々としている。

楽しかった加代との生活を思い出し、寂しさが一気に押し寄せてきた。

ダメよ、気弱になっちゃ。

自分を戒め、何げなく、オクラの実に手を伸ばした。その時、ふと、緑の中に小さな赤い物体が見えた。

――ミニトマトだ！

加代が植えるには遅すぎるといった、あのミニトマトだ。

無意識のうちに、いつも加代がいた和室に向かって叫んでいた。

「見て！　私の言った通りよ！　加代ちゃん！　トマトが……なった……」

加代がそこにいるはずもないのに。

――声を張り上げたりしてバカみたい……。

強烈な喪失感が押し寄せてくる。

ここに加代がいないことが寂しくて仕方ない。

思わず、その場にしゃがみ込み、赤い実を見て泣いていた。

「ううう……加代ちゃん……。トマトが実をつけたのに……」

ひとしきり泣いた後、ふと、加代が植えたコスモスのことを思い出した。

確か、この辺りに種を蒔いていた。

よく見ると、雑草なのかコスモスの新芽なのかわからないものがたくさん生えていた。

区別がつかないので、そのまま放置することにして立ち上がる。

「あら？　これは……」

視線を少し横にやると、夫が植えたハナミズキの下の土から、布の切れ端がのぞいていることに気づいた。それはどこかで見たような辛子色の生地だ。

――加代ちゃんの巾着？

掘ってみると、間違いなく、あの巾着だ。広島で見た時には確か、骨が入っていたっけ。

――なんで、こんな所に……。

泥だらけのリボンを解き、袋の中身を掌に出してみる。

それが聡一の骨だという確信があるので、気味が悪いとは思わない。

しかし、出て来たのは骨だけではなかった。

薬指ぐらいの長さの骨以外に、見覚えのある指輪が掌の上に転がった。リングの内側には「M to S」の刻印がある。私が聡一に贈った結婚指輪だったのだ。

――聡一さんがまだこの結婚指輪を持ってたってこと？　それを加代ちゃんが見つけたってこと？

やっと、わかった。あの夜、加代がここへ来た理由が。

加代は聡一がこの家に帰りたがっていると思って、この骨をここに埋めるために、嵐の中、ここへ来たのだ。四十九日の後、夫の骨を故郷の高台に埋めてから。

好きで仕方なかった夫が最期に名前を呼んだ元妻の家に来た時、加代は一体どんな気持ちだったのだろう。

不意に、真理子さんもいつか、この木の下で一緒に眠らん？　と言った加代の明るい声が蘇る。

聡一が最期に名前を呼んだのが私だと知った上で、三人で同じ木の下で眠ろうと提案した加代。そこには葛藤や嫉妬もあったはずだ。それなのに……。

――あんた、なんて女なの？　裏切られたと思ってるくせに、バカじゃないの？

加代の聡一への愛の深さをひしひしと感じ、敗北感に打ちのめされた。

『うち、真理子さんになりたかった』

ここにコスモスを植えた日の加代の言葉が蘇る。加代の一途さに泣けた。

――加代ちゃんに会いたい。

憎しみが消え去り、恋しい気持ちだけが残った。

エピローグ

加代がここに来た理由を知った私は、居ても立ってもいられなくなった。

加代のことが前よりずっと愛おしくて仕方ない。

確か、城北の医療センターに入院している、と加代の娘の恵が言っていた。未だに手術を拒んでいたら、加代は死んでしまうかもしれない。

――行かなくちゃ。行って、手術を受けろと言わなくちゃ。

私は現役の頃にも見せなかったほどの、自分らしからぬ行動力を発揮《はっき》した。

ただ、加代のようにスマホで乗り継ぎを調べたり、新幹線の予約をしたりはできない。私はバスの時刻表だけを確認し、着の身着のままで家を飛び出した。

――ああ。味噌汁作った後、コンロのガスは切ったかしら。玄関の鍵、閉めたかしら。

ふだん、決まった時間に近所のスーパーに出かけることしかしないせいだろう。最寄りの駅に着いたところで、色々なことが気になり始めた。

が、今さらどうしようもない。

全てを振り切るような気持ちで、品川行きのライナーに乗った。


加代と一緒に乗った新幹線に、今日はひとりで乗る。

新幹線の券売機は操作の仕方がよくわからないのと、後ろの行列が気になるのとで、すぐに諦めた。

みどりの窓口は外国人らしき観光客で混んでいたが、気にせず最後尾に並び、広島駅まで一番早く着く、のぞみの切符を買った。

指定席料を節約し、自由席にした。

だが、日曜日だったせいか、今日の車内は前回より混んでいる。

なんとか空席を見つけて座ることはできたものの、さすがに窓際の席は空いていなかった。

——もうひとつ後の列車にしたら良かったかしら。

そうは思ったものの、一刻も早く加代の顔を見たい。ただ、会って何を話せばいいのかは、わからなかった。

席を確保した後は、ずっと加代のことを考えていた。

キャンドルをはさんで向かい合った夜、真夏日に行った公園、バスでホームセンターへ行ったこと、保育園で希に会わせてくれたこと、大島で見たオリーブの木、一緒に広島で酔っぱらった夜……。

宝物のような記憶が走馬灯《そうまとう》のように駆け巡る。

三時間半ほどで広島に着いた。

九月も半ばだというのに、蒸し暑い。

——出口はどっちだったかしら。

病院の方向もわからない。

前にこのホームに降り立ってから二十日足らず。それなのに、初めて来る場所のような心細さがあった。

おどおどしながらも、とりあえず、乗客の大半が流れて行く方角へと私も歩き出した。

改札にいた駅員に、城北医療センターまでの行き方を尋ねた。

「タクシーで行くか、在来線を乗り継ぐか、じゃね」

加代と同じ訛りが懐かしい。加代が居なくなって、まだ一週間ほどしか経っていないのに。

「タクシーだと何分ぐらいかかりますか？」

「まあ、二十分ぐらいじゃろうね」

ふだんタクシーに乗るような贅沢をしないので、二十分でいくらかかるのか、想像できなかった。

――まあ、いっか。知らない所で、乗り継ぎに迷うのは不安だ。

私は思い切って、タクシー乗り場へ向かった。

「あー。喉が渇いた。私ったら、何で水筒を持って来なかったんだろう」

しかし、脱水症状が出たら怖い。

背に腹は代えられず、仕方なく自販機で買ったペットボトルの水は、スーパーで買うより七十円も高かった。

――水が百四十円もするなんて。だから言わんこっちゃない。

冷蔵庫には冷たい麦茶もあったのに。

口の中で、勿体ない勿体ない、と念仏《ねんぶつ》のように呟きながらタクシーに乗り込んだ。

「城北の医療センターまでお願いします」

窓からは加代と一緒に乗った路面電車も見えた。

酔っぱらって歩いた夜の街が思い出される。

「お客さん、着きましたよ」

タクシーの運転手の声で、あの夢のような夜から引き戻される。

駅員が教えてくれた通り、二十分きっかりで大きな病院の正面に着いていた。

想像していたより遥《はる》かに大きく立派な病院だ。

「あ、ありがとうございました」

急いで乗車賃を払い、速足で病院の中に入ったものの、加代の病室を知らない。

案内板を見ると、内科の病棟は今いる建物の三階となっているが、病室まではわからない。

正面にある受付で「山崎加代さんのお見舞いに来たんですけど、病室はどこですか？」と尋ねてみた。

「ご親族の方ですか？」

受付の中に座っている事務服の女性が、申し訳なさそうな目でこちらを見ている。

「え？」

入院患者との関係を聞かれるとは思わなかった。

「ご親族の方に限り、面会日に談話室でお会いいただけるんですが、本日の面会時間はもう終わっておりまして、次の面会日は今週の水曜日なんですよ」

つまり、親族でもない私には加代と会う資格がなく、もし、親族だったとしても、次に会えるのは三日後なのだ、と理解した。

「嘘……」

「面会日以外は特別な事情がない限り、原則的に面会は禁止なんですよ」

誰かのお見舞いなんて久しぶりのことで、まさかコロナが五類に移行した今もまだ、入院患者と自由に面会ができない病院があるなんて、思ってもみなかった。

「えっと……。特別な事情って何？」

親族でもないくせに、何とか会えないものかと食い下がった。

「ご親族の方の手術日、入退院日の付き添い、あとは……」

受付の職員は言いにくそうに言葉を途切れさせた後、再び口を開く。

「大変、言いにくいことですが、あとは、入院されているご親族の方の容態が重篤《じゅうとく》になった場合、身内の方と付き添いの方は病室に入って頂けます」

――縁起でもない。

私の心の声が聞こえたかのように、職員は目を伏せた。

何にせよ、たとえ緊急事態が起こったとしても、親族でも付き添い人でもない私は、面会可能な人物に該当しない。

病院のことも調べずに、ここまで来てしまった自分を呪った。この病院に来さえすれば、加代に会えると思い込んでいた自分を。

己の計画性のなさに打ちのめされ、ふらふらと病院の外に出た。

――どうしよ……。

日陰にあるベンチに座りこみ、思案した。

――せめて、声が聞きたい。

他に方法はない。兄に電話して加代の電話番号を聞く以外には。

私はプライドをかなぐり捨て、兄に電話を入れた。絶縁宣言後、初めての電話だ。

「な、な、なんだよ」

電話の向こうから聞こえる声は明らかに動揺している。が、すぐに私からの電話を、和解の申し入れだと思い込んだらしい。

「そ、そ、そんなに言うんなら、許してやるよ」

「まだ、何も言ってないけどね」

「あ……」

もう兄が私のことをどう思おうと関係なかった。

「兄貴、加代ちゃんの電話番号、教えてくれない？」

「は？　お前、まさか、この期《ご》に及んで加代さんから慰謝料取ろうっていうのか？」

安定のデリカシーのなさ。

「そんなわけないでしょ。ちょっと話がしたいだけよ」

「そ、それならいいが……。ちょっと待て。今、番号探すから」

私は急いでバッグからメモ帳とペンを出し、兄が伝える番号を書き留めた。

「お前、大丈夫か？」

兄が急に心配そうな声になる。兄も加代が聡一を寝取ったと思っているのだろう。そんな相手と修羅場《しゅらば》になるのではないか、と想像しているようだ。

「うん。大丈夫よ。事情は全部、聞いたから。心配しないで」

「ば、ばか。いい年した妹の心配なんかするかよ」

あんなに罵り合ってもまだ、私を『妹』と呼んでくれることがありがたかった。

「じゃあね、兄貴」

「ほどほどにな」

「だから、慰謝料の話じゃないってば」

兄との通話を切ってすぐ、加代のスマホを鳴らした。

知らない番号からの着信のせいか、加代はなかなか電話に出なかった。

——早く出なさいよ。あんた、そんな慎重なキャラじゃないでしょ？

そんな私の心の声が聞こえたかのように、「はい」と加代の弱々しい声が聞こえた。

「加代ちゃん？」

私からの電話だと思ってもみなかったのだろう、加代は声を震わせた。

「ま、真理子さん……？」

そのまま絶句している。

加代は短い沈黙の後、「ごめん、真理子さん。うちは……うちは……」と泣き声になっている。

「全部、恵さんから聞いたから、もう謝らないで」

「え？ 恵が？ 真理子さんの家に行ったん？」

「ええ。加代ちゃんと聡一さんのこと、全部、聞いたわ」

故意にサラッと言ったつもりだったのだが、加代はまた黙り込んでしまった。

「ねえ、どうして手術を受けないの？」

しばらく黙り込んだ後、加代が口を開く気配がした。

「真理子さん、うちの娘に会うたんじゃろ？」

「会ったわよ。ぜんぜん加代ちゃんに似てなかった」

「そうじゃのうて、お腹、見たじゃろ？ もうすぐ赤ちゃんが産まれるんよ。それじゃのに、私の体が不自由になってしもうたら……」

憔悴《しょうすい》し切った声だ。

「そんなに危険な手術なの？」

短い沈黙の後、加代が沈んだ声で説明した。腫瘍は神経が複雑に入り組んだ場所にあり、たとえ手術が成功しても、車椅子生活になる可能性が五割近くある、と。

「でも、手術しなきゃ、死んじゃうんでしょ?」

「あと三か月ぐらいでね。でも、その方がええんよ。娘の世話になったり、施設に入ったりするぐらいなら、死んだ方がええの」

加代がきっぱりと断言した。

「加代ちゃん、何、贅沢なこと言ってるの? 娘があんたに生きて欲しいって言ってるのよ? ダメよ、弱気になっちゃ! 諦めるなんて、加代ちゃんらしくないって!」

「真理子さんにうちの気持ちはわからんけえ。もう、うちのことは放っちょって」

「ちょっ……、加代ちゃ……」

言い争った挙句、通話を切られてしまった。

何度かコールしてみたが、電源を切られているようだ。もう、私からの番号には出てくれないだろう。

だが、このままでは広島くんだりまで、何しに来たのかわからない。

勢いよくベンチを立ったものの、加代に会う手段を思いつかないまま、病院の前を行ったり来たり、うろうろした。

そして、ふと、思い出した。

受付の横の施設案内板によると、内科の入院病棟はこの受付がある建物の三階にあると書いてあったことを。

――ここに加代ちゃんがいるんだ。

改めてそう思った瞬間、加代の顔を見ずに埼玉へ帰る、という選択肢は消えた。

何としても加代に会いたい。

決心を固めたものの、さっき説明を受けた女性の前を横切って三階へ上がる手段を思いつかない。

これまでの人生、積極的にルールを破るような行動をしたことがない。そんな私にとって、何食わぬ顔をして、しれっとエレベーターに乗るのは至難《しなん》の業《わざ》だ。きっと、挙動不審に陥り、すぐに見とがめられてしまう自信がある。

――どうしよう……。

考え込む私の上に、夏の日差しが容赦なく降り注ぐ。まずい。このままでは、私が倒れて入院する羽目になる。

まずは身の安全を確保するため、院内のロビーに戻り、ペットボトルの水を一口飲んだ。

そして、目立たないよう診察を終えた外来患者たちが支払いの呼び出しを待つ一番後ろのソファに陣取った。虎視眈々《こしたんたん》、エレベーターに駆け込むタイミングをうかがいながら。

待ち合いに何の変化もないまま、ソファに腰を下ろしてから一時間以上が経った。

このまま病院が閉まる時間がきてしまったらどうしよう。そんな不安がよぎった時だった。

入口の自動ドアが開き、老若男女、十人ほどの団体が慌ただしく駆け込んで来た。

「すみません！　電話をもらった山田マサコの身内の者です。母の意識が戻ったので、来るように言われまして！」

受付で興奮気味に喋っている男性は六十代ぐらいに見えた。その母親ということは、私とそう変わらない年頃に違いない。

そんな高齢の母親の意識が戻ったからと言って、こんな風に親族が大挙して押しかけてくるなんて……。

——きっと資産家なのね。自分に有利な遺言を書いてもらおうと、みんな必死なのかしら。お金の力って凄いわね。

やっかみ半分、邪悪な妄想をしてしまう。

観察していると、受付の職員がどこかへ電話をかけていた。すぐに白衣を着た若い看護師らしき女性が現れる。

「ご案内します。こちらです！」

これは千載一遇《せんざいいちぐう》のチャンスだ。

私は覚醒《かくせい》した山田何某《なにがし》さんの一族郎党の背後に歩み寄り、そっと最後尾についた。自分でも信じられないほどの迅速さで。

そして、うつむいて長い受付カウンターの前を横切り、速やかにエレベーターに乗り込む。

自分の中にこんな蛮勇《ばんゆう》が潜んでいたことが信じられなかった。

すぐに、ポーン、とエレベーターが目的階に到着したことを告げる音がする。

一番最後に乗り込んだ私は、当然、先頭を切って降りる羽目になった。

扉が開き、そこには年配の看護師が待ち構えている。やましい気持ちがあるせいか、彼女の目が鋭く見えた。

「山田さんのご家族の方ですか?」

その看護師は一番に降りて来た私を山田一族の代表だと思ったのか、当然のように聞いた。

「え? あ、私は……えっと……」

はい、と答えればすむとわかっているのに、足がすくみ、喉の奥に何かが詰まったように声が出ない。

緊張のせいか、頭がふらふらし、気分が悪くなってきた。

怪訝そうな顔になった看護師が、私の頭から足元までをざっと見て、もう一度確認した。

「山田さんの……妹さんですか?」

後からエレベーターを降りてきた親族が、訝しげな顔をしてこちらを見ている。

一様に、こんな親戚いたか？　と言いたそうな顔だ。

早く返事をしなければ……。焦るほど、体が動かず、声帯を震わすこともできない。

「ふ、ふぁい……」

やっとのことで口から出たのはおかしな声だった。その瞬間、視界がぐらりと揺れた。

「どうされました⁉　大丈夫ですか⁉」

ひんやりした床が右腕に触れ、両肩を叩かれる感触。声がどんどん遠くなる。

——やっぱり、慣れないことをするもんじゃない。

反省した、その後の記憶がない。


——寒い……。

身震いして目が覚めた。

後頭部の頭痛がひどくて起き上がれず、目玉だけ動かして視線を巡らせる。

白い天井とクリーム色の薄いカーテンが視界に入った。

脇には点滴のスタンドがあり、そこから自分の左腕にチューブが伸びている。

自分の体に何が起こったのか全くわからない。ただ、断片的な記憶を総合するに、山田一族になりすますことに失敗して突然倒れ、病室に寝かされていることはわかる。

――まさか、脳梗塞《のうこうそく》とか？

咄嗟の想像に絶望的な気持ちになる。

――私ったら、一体、何をしてるのかしら。

加代に拒絶され、こんな所で倒れるなんて……。

「明日、死ぬかも知れんのに……」

天井に向かって、加代の口癖を呟いていた。

何もかも水に流して、加代と一緒に暮らしたかったのに……。

無力感と虚無感がないまぜになり、わけもなく涙が溢れる。

気持ちも体もままならないのが歯がゆかった。

涙を拭った時、シャッとカーテンを開ける音がして、「あ、気が付かれましたか？」と、気遣うような女性の声がした。エレベーターを降りた時に話しかけてきた年配の看護師だ。

おたおたと涙を拭い、ベッドの上に半身を起こそうとした。

が、後頭部がズキズキし、思わず両手で頭を押さえる。

「ダメですよ、急に起きちゃ」

「す、すみません……。私は……」

既に山田さんの親族ではないことが露見しているものと思い、顔を伏せたまま言い訳しようとした。とは言え、なぜこの階に来たのか、ベテランらしき看護師相手に説明できる自信がない。

「もう、点滴は終わりですけど、もう少し、休んでいってくださいね」

看護師は優しく私の手をとって血管から細い針を抜き、丸い形のコットンをテープで止めた。

「あの……。私、どうして……」

「軽い熱中症です」

病院の外に居たのは短時間だと思っていたのに、脱水症状に陥っていたらしい。それに気づかないほど、加代のことばかり考えていた。

「後で、親族の方がお迎えに来られますからね。それまで安静にしていてください」

――え？　親族？　迎えに来る？

遠い親戚だとでも思われているのだろうか。どうやら、奇跡的に部外者だとバレていないようだ。

「では、またあとで来ますね」

切れ長の目でにっこり笑う看護師に恐る恐る「はい」と素直に返事をした。

再び、シャッと音を立ててカーテンが閉められた。

頭の中の妄想が作り上げた大富豪の大奥様にかしずいていた親族たちが、面会終了時間になってこの病室に来るのではないかとヒヤヒヤした。

まだ体がふらつく。

しかし、こうしては居られない。

ベッドを降りて靴を履き、ハンガーに掛けてあったカーディガンを羽織《はお》った。

足音を忍ばせてカーテンに近づき、外で人の気配がしないことを確認する。空間を仕切る化繊《かせん》の布を少しだけ開け、前方、左右に視線を走らせた。ベッドはあと三つあったが、誰も居ない。

速足でフロアを駆け抜け、スライディングドアを引いて廊下に出た。

私が寝かされていた部屋は『処置室』と書かれていた。そして、通路の突き当たりに『3F』の表示がある。多分、ここはエレベーターを降りた階であり、入院病棟の三階……。

――このフロアに加代もいる！

といっても、通路の両側にずらりと病室が並んでおり、どの部屋かはわからない。今さらながら、恵の連絡先を聞いていなかった自分を恨む。

仕方なく、一番手前の病室に表示されたプレートを見た。そこは四名部屋らしく、正方形のプラスチック板に手書きの名前が四つ、並んでいた。

そこに加代の名前はなかった。

片っ端から病室前のプレートをチェックするしかない。大きな総合病院の入院患者数に気が遠くなりそうだった。

頭痛はするし、山田夫人の親族は迎えに来そうだし、心身ともに辛い。それなのに、加代の病室は見当たらない。

このままでは誰かに見とがめられ、永遠に加代に会えないのではないか、という焦りが生まれた。

ヤケクソになってきた。

「もうっ！　加代ちゃん！　どこにいるのよ！　出て来なさい！」

怒鳴った後で、はっと我に返った。

ルールを破って入院病棟に侵入した挙句、こんな風にヒステリックに叫ぶなんて、自分で自分が信じられない。

誰も居ないかのように静かだったフロアが急にザワザワし始めた。驚いた様子の患者たちが、あちこちの病室から顔をのぞかせている。

自ら衆目《しゅうもく》を集めてしまった。

入院患者に続き、病院関係者が姿を現わすのではないか、と気が気ではない。

「加代ちゃん！　どこにいるのよぅ……うううぅ……」

膝が砕けたようになりながら、その場に座り込み、半泣きで叫んでいた。病室から覗いている患者たちはどんな目で私を見ているんだろう……。人前でこんなに取り乱すなんて、今すぐ消えてなくなりたい。

「ま、真理子さん……？」

遠くで加代の声がしたような気がして、恐る恐る顔を上げた。

「か、加代……ちゃん……！」

通路の五メートルぐらい先に、パジャマ姿の加代が立っている。唖然とした顔で。

加代は最後に見た時よりも少しだけ痩せたように見えた。私から走って逃げた、あの日より少しだけ。

加代は私に向かって足を踏み出しかけ、躊躇うように立ち止まった。

新幹線の中であれほど加代のことを考えたのに、言葉が出て来ない。うまく説得できる自信もない。

いや、恰好つけている場合じゃない。

そこに座り込んだまま、なりふり構わず、頼んだ。

「加代ちゃん。お願いよ……。生きてよ……、私のために」

「じゃけど……」

こっちは泣きながら頼んでいるのに、加代は戸惑う様子しか見せない。

「あんたが居なくなってから、私がどんだけ寂しい思いをしたと思ってるの？　スーパーに行くのもひとり、ネギをちぎるのもひとり、ゆで卵を食べるのもひとり、ずっとひとりなのよ！　あんたが転がりこんでくるまでは、独り暮らしがこんなに寂しいなんて思わなかったのに！　こんなに寂しい……ぜんぶ加代ちゃんのせいよ！」

説得したいと思っているのに、感情が溢れ、加代に対する不満の言葉が止まらない。

「そねえなこと言われても……」

加代は本気で困っているようだ。本気でこのまま死ぬつもりらしい、と覚った。

「手術を受けなさい！」

全身全霊《ぜんしんぜんれい》で訴えた。

すると、逡巡《しゅんじゅん》するように瞳を揺らした加代が、言いにくそうに口を開いた。

「真理子さん……。うち、娘が苦手なんよ……」

「は？　娘って……恵さんのこと？」

確かに、加代とは全く似ていなかった。けど、実の娘なのに……。

「ほんまに大事に育てた娘なんよ。トンビが鷹《たか》を生んだ、て言われるのも嬉しかったんよ。うちみたいに学のない親でも、感謝してくれるええ子なんよ。じゃけど、あの子に介護してもらうなんて、うちは恥ずかしゅうて申し訳のうて……、どうしても考えられんのんよ」

そう訴える加代の頬は羞恥心《しゅうちしん》からか真っ赤に上気している。あの知的で隙のなさそうな娘に世話をしてもらう自分を想像しているのだろうか。

何となく、加代の、娘に対する遠慮みたいなものを感じ、溜め息が出た。

恵は、加代が妻子ある男の子を身ごもり、捨てられたことを知っていた。加代には色々な負い目があるのだろう。

「わかった。加代ちゃんが車椅子になったら、うちをバリアフリーにリフォームしてあげるから、安心して手術を受けなさい！」

そう言ったものの、老婆がふたりで暮らすことには不安しかない。それがどんなに大変な生活か、想像はできるが、実感はない。老々介護《ろうろう》なんて、自分には関係ないことだと思っていたからだ。

「そんな……。真理子さんが……なんで……」

「逆に私の方がリウマチが悪化したり、合併症を起こして寝たきりになる可能性もあるからね。そこは何て言うか、その場その場で、何とか力を合わせて乗り切るしかないっていうか」

喋りながら、まったく計画性のない話だ、と我ながら感心する。けれど、先のことはわからない。

ただ、わかっているのはもう、加代を知らなかった頃には戻れないということ。加代の車椅子を押して四ツ池スーパーに行くのも悪くないということ。ひとりで自転車を漕いでいくより時間はかかるが、きっと何倍も楽しいだろうということ。

「その代わり、私の生活レベルに合わせることが条件よ。ローストビーフは週一回まで」

「真理子さん……。本気なん？」

「こうやって、うじうじしてる時間が勿体ないと思わないの？　明日、死ぬかも知れない、って、そう思いながら生きてきたんでしょ？　加代ちゃんらしくないわ」

加代の顔が今にも泣き出しそうに歪んでいる。

「あれこれ考えてないで、さっさと手術して、元気になってうちに来なさいよ」

「じゃけど……、うちら親子がおらんかったら……、うちら親子に同情せんかったら……、聡一さんは真理子さんの所に戻ったかもしれんのに……」

まだぐずぐず言っている加代に腹が立ち、私は膝に力を入れて何とか立ち上がった。

「加代ちゃんと聡一さんが出会わなかったら……。それは私だって、考えたわよ」

そう言うと、加代は少し怯えたような表情になった。

「けど、聡一さんはもうこの世に居ないの。私はもう、あの時こうしていたら、とか、あんなこと言わなければ、とか考えながら独りで生きていくのは嫌なの。加代ちゃんと笑って暮らしたいの」

加代は絶句するように目を見開き、私を見ている。

「加代ちゃん。私、最近思うの。加代ちゃんは聡一さんが私に贈ってくれた最後のプレゼントなんじゃないかって」

加代が鼻を啜《すす》る音がした。

「うちは、いっぱい嘘ついて真理子さんを騙してたのに……。真理子さん、お人よしじゃね」

加代が泣きながら、やっと笑った。

「あんたに言われたくないわよ」

そう言い返した瞬間、過去の恨みや憎しみ、そしてすべてのわだかまりが解けて流れ落ちていくような気分だった。

「ねえ、加代ちゃん。あの日植えたプチトマトの実がなったのよ？　加代ちゃんは無理だと言ったけど、赤い実がなったの」

「ほんまに？」

「ほんとよ。小さいけどね。早く見たいでしょ？」

「うん！　見たい！　食べたい！」

子供のように叫んだ加代が駆け寄り、抱きついてきた。その大きな体を抱きしめながら心の中でささやいた。

——加代ちゃん、ありがとう。一緒にうちに帰ろう。

この作品は書き下ろしです。
この作品はフィクションです。実在する人物、団体等とは一切関係ありません。

保坂祐希

2018年『リコール』（ポプラ社）でデビュー。大手自動車会社グループでの勤務経験がある。社会への鋭い視点と柔らかなタッチを兼ね備えた、社会派エンターテインメント注目の書き手。他の著書に『「死ね、クソババア！」と言った息子が55歳になって帰ってきました』（講談社）、『偽鰻』（ポプラ社）などがある。

死《し》ねばいい！　呪《のろ》った女《おんな》と暮《く》らします

2024年6月25日　初版発行

著　者　保坂《ほさか》 祐希《ゆうき》
発行者　安 部 順 一
発行所　中央公論新社
〒100-8152　東京都千代田区大手町1-7-1
電話　販売 03-5299-1730　編集 03-5299-1740
URL https://www.chuko.co.jp/

DTP　ハンズ・ミケ
印　刷　大日本印刷
製　本　小泉製本

Published by CHUOKORON-SHINSHA, INC.
Printed in Japan　ISBN978-4-12-005797-7 C0093
定価はカバーに表示してあります。落丁本・乱丁本はお手数ですが小社販売部宛お送り下さい。送料小社負担にてお取り替えいたします。